SANGRE DE CAMPEÓN

CARLOS CUAUHTÉMOC SÁNCHEZ

SANGRE DE CAMPEÓN

Novela formativa con 24 directrices para convertirse en campeón

Ediciones Selectas Diamante, S.A. de C.V.
Líder mundial en novelas de superación

ÍNDICE

1

Un campeón acepta las consecuencias de sus actos

Mi hermano sufrió un terrible accidente y estuvo a punto de morir.

Era un día soleado. Nos encontrábamos nadando en la alberca del club deportivo, cuando Riky pidió permiso para ir al trampolín. Se lo dieron. A mí, tal vez me lo hubieran negado. Él era el hijo perfecto: alegre, ágil, simpático y buen estudiante. Yo, en cambio, tímido, torpe y sin gracia; todo me salía mal. Como soy el mayor, siempre me decían que debía cuidar a mi hermanito.

Riky salió de la alberca y caminó hacia la fosa de clavados. Sentí coraje y fui corriendo tras él. Lo rebasé y subí primero las escaleras del trampolín. Trató de alcanzarme. Venía detrás de mí; podía escucharlo jadear y reír.

Como siempre, él pretendía llegar a la plataforma de diez metros para llamar la atención desde arriba y lanzarse de pie, derechito como un soldado volador. Luego, mis padres aplaudirían y me dirían: "¿viste lo que hizo tu hermanito? ¿Por qué no lo intentas?"

Jamás había podido arrojarme desde esa altura, pero esta vez me atrevería. No permitiría que Riky siguiera haciéndome quedar en ridículo.

Llegué hasta el último peldaño de la escalera y caminé despacio. Un viento frío me hizo darme cuenta de cuán alto estaba. Respiré hondo. No miraría hacia abajo.

—¡Hola, papá! ¡Hola mamá! —grité—. Allá voy.

Avancé decidido, pero justo al llegar al borde de la plataforma, me detuve paralizado de miedo. Riky ya estaba detrás de mí. Me dijo:

—¡Sólo da un paso al frente y déjate caer! ¡Anda, sé valiente!

Tuve ganas de propinarle un golpe, pero no podía moverme.

—¿Qué te pasa? —me animó—. No lo pienses.

Quise impulsarme. Mi cuerpo se bamboleó y Riky soltó una carcajada.

—¡Estás temblando de miedo! Quítate. Voy a demostrarte cómo se hace.

Llegó junto a mí.

—¡Papá, mamá! Miren.

Mis padres saludaron desde abajo. Cuando se iba a arrojar, lo detuve del brazo.

—Si eres tan bueno —murmuré—, aviéntate de cabeza, o de espaldas. Anda. ¡Demuéstrales!

—¡Suéltame!

Comenzamos a forcejear justo en el borde de la plataforma.

—¡Vamos! —repetí—. Arrójate dando vueltas, como los verdaderos deportistas.

—¡No! ¡Déjame en paz!

Mis padres vociferaban histéricos desde abajo:

—¡Niños! ¡No peleen! ¡Se pueden a caer! ¡Se van a lastimar! ¿Qué les pasa? ¡Felipe! ¡Suelta a tu hermanito!

Riky me lanzó una patada. Aunque era más ágil, yo era más grande. Hice un esfuerzo y lo empujé; entonces perdió el equilibrio, se asustó y quiso apoyarse en mí, pero en vez de ayudarlo, lo volví a empujar.

Salió por los aires hacia un lado.

Me di cuenta demasiado tarde de que iba a caer, no en la alberca, sino afuera, ¡en el cemento! Llegaría al piso de espaldas y su nuca golpearía en el borde de concreto.

Escuché los gritos de terror de mis papás. Yo mismo exclamé asustado:

—¡Nooo!

Muchas cosas pasaron por mi mente en esos segundos: El funeral de mi hermano, mis padres llorando de manera desconsolada, los policías deteniéndome y llevándome a la cárcel de menores. De haber podido, me hubiese arrojado al aire para tratar de desviar la trayectoria de Riky y salvarle la vida.

Mi hermano cayó en el agua, rozando la banqueta.

Me quedé con los ojos muy abiertos.

Salió de la fosa llorando. Estaba asustado. No era el único. Todos lo estábamos. Cuando bajé las escaleras, encontré a mi papá furioso.

—¿Pero qué hiciste, Felipe? —me dijo—. ¡Estuviste a punto de matar a tu hermanito!

—Él me provocó —contesté—, se burló de mí...

—¡Cállate!

Papá levantó la mano como para darme una bofetada, pero se detuvo a tiempo. Jamás me había golpeado en la cara y, aunque estaba furioso, no quiso humillarme de esa forma.

Nos fuimos de regreso a la casa. En el camino todos estábamos callados. Por fortuna, no había pasado nada grave, pero cada uno de los miembros de la familia recordaba la escena.

—Felipe —sentenció papá—, pudiste provocar una tragedia. ¿Te das cuenta? vas a tener que pensar en eso, así que durante la próxima semana, no saldrás a la calle, ni verás la televisión. Trabajarás duro, ya te diré en qué.

—¡Papá! —protesté—. Mi hermano tuvo la culpa. Él siempre...

—¡No sigas! —estaba de verdad enfadado; después de varios segundos continuó—: Te has vuelto muy envidioso. No juegas con Riky ni le prestas tus juguetes; cuando puedes lo molestas y le gritas, ¿crees que no me doy cuenta? Abusas de él porque tienes doce años y él ocho, pero tu envidia es como un veneno que está matando el amor entre ustedes. Vas a reflexionar sobre eso y acatarás lo que te ordene, sin rezongar.

Esa tarde, papá compró una cubeta de pintura y dos brochas.

—Pintarás la mitad de nuestra casa —me dijo—. La fachada de la planta baja. Y lo harás con cuidado, no quiero que manches el suelo o las ventanas. Cuando te canses de pintar, entrarás a tu habitación y harás ejercicios de matemáticas.

En cuanto me quedé solo, busqué a mamá para protestar:

—¡Es injusto! —alegué—. Convence a mi papá de que me levante el castigo. Por favor... ¡No quiero estar encerrado durante la última semana de vacaciones!

—Lo siento, Felipe —contestó—, pero él tiene razón. Cometiste una falta muy grave. Harás todo lo que te ordenó y yo te vigilaré. No tienes escapatoria.

—¡Eres mala —le reproché—, igual que él!

—No soy mala y ¡mide tus palabras! En la vida, si te comportas con paciencia y bondad, obtendrás amigos y cariño; si, por el contrario, actúas con rencor y envidia, te ganarás problemas y enemigos. Ni tu padre ni yo estamos enojados contigo, Felipe, pero nuestra obligación es enseñarte que para cada cosa que hagas, hay una consecuencia. No lo veas como un castigo; sólo pagarás el precio de tu error. Fuiste muy grosero y eso te obliga a cumplir un trabajo que te ayudará a pensar. Y lo harás con agrado. Cuando te sientas más cansado, quiero que le des gracias a Dios porque tu hermano está vivo.

A la mañana siguiente, papá me despertó muy temprano, me dio una carta en un sobre cerrado y comentó:

—Anoche te escribí algo.

Doblé el sobre y lo guardé en mi pantalón. Me llevó hasta el frente de la casa para indicarme cómo realizar mi trabajo. Colocó una enorme escalera de aluminio que llegaba hasta el techo y me explicó la forma de deslizarla sobre la fachada.

—Ten mucho cuidado —señaló—. No quiero que vayas a accidentarte. Usa la escalera sólo para pintar los muros desde la mitad de la casa para abajo y cuida que esté bien apoyada e inclinada antes de subirte a ella.

Acepté sin protestar más, pero nunca imaginamos que la tragedia verdadera estaba a punto de ocurrir.

Por favor, revisa la guía de estudio en la pagina 156, antes de continuar la lectura del siguiente capítulo.

Carlos Cuauhtémoc Sánchez

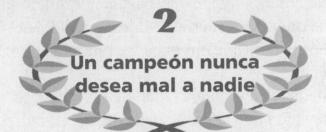

2
Un campeón nunca desea mal a nadie

Jamás imaginé que sería tan difícil pintar una pared. Me costó mucho aprender, pero poco a poco mejoró mi técnica. Trabajaba de cuatro a cinco horas diarias. Cada mañana, me sorprendía al ver cuánto había avanzado el día anterior y me enojaba conmigo mismo al descubrir que había dejado caer muchas gotas de pintura. Limpiaba y comenzaba de nuevo. Por las tardes, me encerraba a hacer operaciones matemáticas.

Un día, llegó a buscarme mi amigo Lobelo. Era mayor que yo, hosco y rebelde. En cuanto abrí la puerta me dijo:

—Felipe. Te invito a dar una vuelta. Encontré algo fantástico que quiero enseñarte.

A sus trece años, lo dejaban manejar una motocicleta de cuatro ruedas y, a veces, me llevaba como pasajero.

—No puedo salir —respondí—; estoy castigado.

—¡Pobre de ti! —dijo Lobelo—. Si tus papás estuvieran muertos, serías más feliz.

Fruncí las cejas.

—¡Es verdad! —continuó—. ¡Mírame a mí! ¡Soy libre como los pájaros! Mis padres se divorciaron. Yo me quedé con mamá y ella se volvió a casar, luego se peleó también con su nuevo marido. Ahora vivo con mi padrastro... Es lo

13

mejor. Él me deja hacer fiestas, me presta su motocicleta, no se mete conmigo y me enseña a ganar dinero fácil.

—¡Tú sí que tienes suerte! —dije siguiéndole el juego—. ¡Cómo me gustaría que mis papás se murieran o se divorciaran también!

De inmediato sentí la gravedad de mis palabras. Una vez oí por televisión que jamás se debe desear el mal, pues cada pensamiento es como un bumerán que regresa para golpearnos a nosotros mismos. Tuve miedo de que mis palabras se convirtieran en profecía. Quise corregir diciendo: "es una broma", pero Lobelo se reía a carcajadas y no me atreví a rectificar.

—¿Por qué no te escapas un rato? —sugirió—, nadie se va a dar cuenta.

—Mejor, déjame pedir permiso.

—Como quieras —bajó la voz y me insultó—: mariquita.

Fingí no escuchar. Llegué con mi mamá y le pregunté:

—¿Me dejas salir? Sólo unos minutos. Por favor.

—No —contestó.

—¡Es injusto! —reclamé—. He avanzado mucho pintando la casa, ¿por qué no castigas a Riky? ¡Míralo! Está todo el día jugando con su vecino y provoca un desastre, mamá, date cuenta. Toma mis coches y los deja por todos lados. Además se finge enfermo. Desde hace varios meses dice que le duele el cuerpo, sólo para que lo consientas ¡y tú caes en la trampa!

—A Riky le sube la temperatura; nadie sabe por qué —respondió—. No lo consiento. Sólo lo cuido. Por otro lado, ya prometió que va a guardar las cosas cuando termine de jugar.

—Pero es que...

—¡Deja de discutir y no causes más problemas!

En esos momentos de enfado volví a tener malos pensamientos: "Ojalá mi hermano se hubiera estrellado en el cemento cuando se cayó del trampolín."

Fui a decirle a Lobelo que no podía salir. Torció la boca, dio tres acelerones a su motocicleta y arrancó sin despedirse.

Riky trató de hacer las paces conmigo, pero yo estaba furioso. Le dije que lo odiaba y que por su culpa me habían castigado. Sus ojitos se llenaron de lágrimas. Dio la vuelta y se fue. A partir de entonces, no volvió a entrar al cuarto en el que yo hacía mis labores escolares. Jugaba con el vecino afuera.

Una tarde, cuando comenzaba a oscurecer, escuché ruidos extraños en el techo. La casa de dos pisos era demasiado alta. Salí al patio. Encontré al vecinito mirando hacia arriba y a Riky corriendo por la azotea.

—¿Qué haces allí? —le grité.

—Vine... —dudó—, ¡ah, sí! ¡A buscar mi pelota!

Entré a acusarlo. Me interesaba más hacerlo quedar mal, que ayudarlo a bajar. Mi madre estaba bañándose.

—Mamá —grité—, ¡Riky se subió al techo! Ahora sí vas a tener que castigarlo.

—¿Cómo dices?

—Anda en la azotea. Subió por la escalera de aluminio con la que estoy pintando.

—¿Dejaste la escalera recargada en el muro?

—Sí. Es muy larga. Apenas la puedo mover, pero no la dejé ahí para que Riky se subiera. ¡Debes regañarlo!

—Dile que se baje —suplicó.

—No me obedece.

—¡Ayúdalo! —insistió.

—Es *su* problema. Que baje solo.

En ese instante recordé que la escalera estaba apoyada sobre una superficie desigual y que había enormes piedras en el suelo. Si mi hermano no tenía cuidado, podía...

Cuando razoné esto, era demasiado tarde.

Escuché un ruido estrepitoso de metal.

Corrí al patio y vi un cuadro aterrador: Mi hermano se había caído. Estaba en el suelo, desmayado a un lado de la escalera. Me acerqué temeroso: Le salía sangre de la nariz y de la frente. Se había descalabrado. Lo miré de cerca, sin saber qué hacer. Todo comenzó a darme vueltas.

Carmela salió de la lavandería y comenzó a gritar:

—¡Jesús, María y José! ¡Mi niño, Riky!

Volví a observar el rostro ensangrentado de mi hermanito y el mareo regresó. Al ver la sangre, tuve como una pesadilla: En diferentes tonos de rojo, vi a varios soldados. Junto a ellos, encadenados, había monstruos con brazos enormes, garras afiladas y cara peluda. Gruñían y enseñaban sus colmillos. Podía ver todo eso en la sangre de Riky. Los soldados cuidaban que los monstruos no escaparan. Sentí que me ahogaba.

Mi madre había salido de la casa con una bata de baño, tenía el cabello lleno de jabón. Vociferaba como histérica.

—¡Riky! ¿Qué te pasa? ¡Reacciona por favor!

Levantó en brazos a mi hermano y lo metió a la casa.

—¡Felipe! —gritó—. Llama a tu padre. ¡Pronto!

Fui al teléfono y marqué el número de la oficina.

—Papá —le dije en cuanto contestó—, mi hermano se cayó de la azotea. Se abrió la cabeza. Está desmayado.

—¿Qué? ¿Cómo? ¡Pásame a tu madre!

Mamá tomó el aparato. Mientras hablaban miré a Riky, inconsciente, acostado sobre el sillón. Al observar la sangre que le salía sin parar de la cabeza, volví a sentir mareo y deseos de vomitar. ¿Qué me pasaba? ¿Por qué me impresionaba tanto esa herida? Estaba a punto de caer de nuevo por el agujero de colores, cuando mamá me tomó del brazo:

—No mires —me dijo—, te hace mal. Tu papá va a llamar a la ambulancia. Mejor ve hacia la puerta para que recibas a los doctores y los hagas pasar.

Obedecí. Me remordía la conciencia por haber acusado a Riky en vez de ayudarlo a bajar, pero me sentía todavía más culpable por haber deseado su muerte al caer del trampolín. También había pensado en voz alta: "ojalá que mis padres se mueran o se divorcien." ¿Por qué se me ocurrieron esas tonterías? Recordé el programa de televisión que había visto. Sugirieron en él: "Nunca desees el mal a otros, aunque sean tus enemigos o te desagraden. Los pensamientos negativos se regresan como una maldición y destruyen a quien los tiene."

El vecino, amigo de Riky, estaba parado atrás de mí.

—¿Por qué se subió mi hermano a la azotea? —le pregunté—, ¿de veras fue por la pelota?

—No. Él tiene un secreto.

—¿Qué secreto?

—No te lo puedo decir.

En ese momento llegó la ambulancia. El sonido de la sirena era impresionante. Bajaron dos paramédicos. Les mostré el camino. A los pocos minutos volvieron a salir llevándose a mi hermano. Mamá subió a la ambulancia y me advirtió:

—Tu padre va a alcanzarnos en el hospital, quédate aquí. —luego se dirigió a la nana—. Carmela, te encargo a Felipe. Al rato les llamo por teléfono.

Vi la ambulancia alejarse.

El amigo de Riky comenzó a caminar por la calle.

—Alto —le dije—. Necesito hablar contigo ¿Cuál era el secreto de mi hermano?, ¿por qué se subió a la azotea?

El chiquillo corrió sin contestar mi pregunta.

—¡Espera! —le pedí, pero no me obedeció.

Por favor, revisa la guía de estudio en la pagina 157, antes de continuar la lectura del siguiente capítulo.

Carlos Cuauhtémoc Sánchez

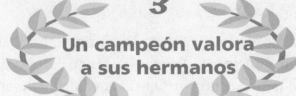
Fuimos al patio. Procuré no mirar la sangre en el piso.

—Ayúdame a levantar esto —le pedí a Carmela.

—Felipe, ¿qué vas a hacer?

—Si mi hermano guardaba un secreto en el techo de la casa, tengo que descubrirlo.

Se llevó una mano a la boca y exclamó:

—¡Virgen Santísima!, ¡no subas!, ¡te puede pasar algo!

Comencé a mover la escalera. Carmela me auxilió a regañadientes. La pusimos donde el terreno estaba más firme, pero en cuanto miré hacia arriba me arrepentí de lo que iba a hacer. Era demasiado alto. Carmela suplicó:

—Mejor vamos adentro, Felipe. Prepararé la merienda.

Asentí. Los fantasmas de la preocupación y la duda comenzaron a atormentarme: "¿Y si mi hermano se muere?, ¿y si queda paralítico?, ¿y si no lo vuelvo a ver?"

Traté de tranquilizarme. Recordé que papá había escrito una carta para explicarme algunas de sus ideas. Tuve deseos de leerla. Quería comprender los castigos, los enojos y la frialdad de los adultos. Carmela fue a la cocina; yo a mi cuarto. Busqué uno de mis pantalones sucios en cuya bolsa había metido el sobre. Todavía estaba ahí. Lo abrí.

La carta, decía:

Felipe:

La situación entre tu hermano y tú es intolerable. No puede continuar.

Un hermano es el mayor tesoro de la tierra. Los hermanos se necesitan mutuamente, forman parte uno del otro y, al pelearse, abren heridas muy profundas que duelen durante toda la vida.

Los hermanos comparten el amor y la alegría de sus padres, pero también los problemas y las lágrimas. Cuando hay carencias, pasan hambre juntos; cuando sus papás discuten, ellos sufren; cuando es Navidad juegan con los mismos juguetes; en vacaciones, se divierten al mismo tiempo.

Los hermanos crecen juntos; no son rivales; tienen la misma sangre, el mismo origen; se formaron en el mismo vientre; fueron besados, abrazados y amamantados por la misma madre. Es normal que, a veces, discutan, pero nunca que se guarden rencor, se tengan envidia o se falten al respeto.

Conozco hermanos que, al morir sus padres, se demandaron, se traicionaron y hasta se maldijeron por causa de la herencia. Esto es una aberración.

Felipe, compréndelo: La amistad y el amor entre hermanos no puede ni debe cambiarse por cosas materiales.

Tuve una maestra en la primaria que me platicó una leyenda al respecto:

Hace muchos años había dos hermanos. Sus padres tenían un enorme terreno y bodegas donde guardaban las semillas para vender. En un repentino accidente, los padres murieron y ellos quedaron huérfanos. Ambos heredaron la misma cantidad de dinero. Uno de ellos era casado y el otro era soltero.

El casado decía:

—¡No es justo que mi hermano menor haya heredado lo mismo que yo! En realidad debería tener *más*, porque desea estudiar en otra ciudad, poner un negocio y alcanzar grandes sueños. Yo, en cambio, tengo la vida resuelta, mi esposa y mis hijos me ayudan y, en realidad, poseemos más de lo que necesitamos.

Entonces, por las noches, tomaba un saco de semillas y, en secreto, lo arrastraba hasta la bodega de su hermano para que él tuviera más.

El hermano menor también estaba inconforme con su parte de la herencia:

—¡No es justo que mis padres nos hayan dejado la misma cantidad a los dos! —decía—. Yo estoy solo y casi no gasto nada. En realidad mi hermano mayor necesita *más*, pues tiene hijos y esposa que mantener. Voy a ayudarlo dándole parte de mi herencia.

Así, cada noche, tomaba un saco de semillas y lo llevaba en la oscuridad hasta la bodega de su hermano para que él tuviera más.

Ambos se regalaban una buena cantidad de granos en secreto. Pasaba el tiempo; ninguno de los dos comprendía porqué sus reservas no bajaban, hasta que una noche, se encontraron a la mitad del camino.

—¿Qué estás haciendo? —preguntó uno.

—¿Y tu? —preguntó el otro—. ¿Qué estas haciendo?

Entonces comprendieron lo que sucedía, dejaron caer los sacos a sus pies y se abrazaron muy fuerte.

—¡Gracias hermano! —le dijo el mayor al menor—. Eres el tesoro más grande que Dios me ha regalado. Te estaba llevando algo de mis semillas pero, con gusto, daría la vida por ti.

El menor, con lágrimas en los ojos, contestó:

—Gracias a ti, hermano. Has sido mi consejero y compañero siempre. No podría pagarte eso. Te regalaría todo lo que tengo, si con ello pudiera ver siempre felices a tu esposa, a tus hijos y a ti.

Cuenta la leyenda que ese lugar fue bendecido por Dios.

Felipe: los hermanos, con sus actos, pueden bendecir o maldecir la casa. Cuando se pelean, dejan entrar a las fuerzas del mal y el hogar se llena de demonios; cuando se ayudan y se quieren, Dios se complace y envía ángeles protectores a esa familia.

Nunca maldigas nuestro hogar. Bendícelo.

¡Cómo quisiera decirte, hijo mío, que te amo con todo mi ser! Si he fallado al demostrarte mi amor, por favor, perdóname...

Tu madre y yo, a veces cometemos errores, lo reconozco, pero no tenemos nada en contra tuya.

Con frecuencia, el hijo mayor de las familias se vuelve muy responsable, porque se le exige más que a los otros; los hijos de en medio se vuelven independientes, porque se les descuida un poco, y el hijo pequeño se hace un despreocupado porque se le consiente demasiado.

Felipe, cada lugar en el orden familiar es hermoso, tiene ventajas y desventajas; no reniegues por la parte que te tocó. Jamás sientas celos de tu hermano. Si algún día tienes riqueza, y él no, compártesela. Tiéndele la mano.

Cuando te pida que protejas a Riky por ser el menor, no te enojes, no lo tomes como una obligación desagradable, ¡considéralo un privilegio! No todos los niños del mundo tienen hermanos. Tu tienes uno. ¡Cuídalo!

Carlos Cuauhtémoc Sánchez

Recuérdalo siempre: ustedes forman parte el uno del otro. Pocas cosas le pueden provocar un daño espiritual más profundo a alguien que vivir peleado con su hermano...

Terminé de leer la carta de mi padre. La doblé con cuidado. Sentí una repentina angustia; corrí al teléfono y lo tomé con ambas manos.

—¡Suena! —le dije al aparato—. Necesito saber cómo está Riky.

El timbre del teléfono permaneció silencioso.

Tenía muchas ganas de llorar. Carmela me llamó:

—¡Felipe, ya está tu cena!

No hice caso. Salí al patio y miré hacia arriba. La escalera era larga, pero necesitaba saber de una vez lo que escondía mi hermano en el techo. Me armé de valor y comencé a subir. Al fin, llegué hasta arriba; me sorprendió ver un tiradero de pintura, botes sucios y una brocha. Parecía que Riky había estado jugando a... ¿Ser pintor?

No.

Recordé algo: Cada mañana, al empezar a pintar, me sorprendía de cuánto había avanzado el día anterior y de cómo algunos de mis brochazos parecían demasiado malos. También recordé que siempre había muchas gotas de pintura en el suelo. ¡Era eso! Mientras yo hacía la tarea de matemáticas encerrado en mi cuarto, por las tardes, Riky pintaba la casa para ayudarme. ¡Había querido disminuir mi castigo dándome una mano en secreto!

Entonces me puse en cuclillas y lloré. Sentí las sombras del dolor y la culpa cayendo sobre mí.

—¿Por qué? —dije en voz alta—, ¿por qué si a Riky no le

pasó nada en la fosa de clavados, ahora se lastimó aquí? En la casa. Él sólo quería ayudarme...

Moví la cabeza tratando de apartar a los fantasmas del remordimiento.

—Dios mío —continué—, si yo ocasioné todo por mis malos deseos, no castigues a Riky. ¡Castígame a mí! Por favor. Tú sabes que peleamos todo el tiempo, pero yo lo quiero mucho y si algo le pasara, no sé que sería de mi vida...

Después de un rato, bajé con mucho cuidado de la azotea.

Comí un poco. Puse el teléfono frente a mí, y lo miré durante horas hasta que me quedé dormido.

Por favor, revisa la guía de estudio en la pagina 158, antes de continuar la lectura del siguiente capítulo.

Carlos Cuauhtémoc Sánchez

4

Un campeón respeta la intimidad ajena

A la mañana siguiente, mi mamá llamó por teléfono:

—El golpe de tu hermano fue en la cara —me dijo—. Además de abrirse la frente, se rompió el tabique de la nariz. Despertó en la madrugada, pero los médicos opinan que deberá permanecer en observación.

—Dile que lo quiero mucho...

—Se... se lo diré... —hizo una pausa, luego agregó—: Pásame a Carmela.

Le di el teléfono a la nana. En ese momento, alguien tocó a la puerta. Fui corriendo. Era Lobelo. Venía en su *cuatri-moto* con un muchacho gordo, lleno de granos en la cara. Les platiqué lo que había pasado en mi casa.

—¡Sale, *brother*! —expresó Lobelo—. Sí que tienes mala suerte. De ahora en adelante te diremos así. ¿Qué te parece? ¡Felipe "el Malapata"!

Los dos rieron. Yo también reí. No me gustaba el apodo, pero Lobelo y su amigo eran más grandes que yo.

—¿Quieres subir a la moto? —me invitó después—. Vamos a divertirnos un rato.

—Mejor otro día —contesté—. Mis papás están fuera... y yo aún sigo castigado.

—¡Ándale! Regresamos pronto.

Dudé unos segundos. Carmela seguía recibiendo instrucciones de mi madre. Pregunté:

—¿Cabemos?

—¡Claro!

Antes de que la nana se diera cuenta, cerré la puerta y me subí a la motocicleta. Lobelo aceleró. Condujo a gran velocidad y tuve miedo de que chocáramos. Después de un rato llegamos al club deportivo donde mi hermano estuvo a punto de accidentarse en el trampolín. Se bajaron de la moto.

—¿Vamos a hacer ejercicio? —pregunté.

—No seas tonto, "Malapata". —dijo Lobelo—. Los traje para enseñarles algo *padrísimo*. Tú eres miembro de este club. Yo no. Una vez vine con mi tío. Encontré una cosa increíble allá adentro. Dile al policía que somos tus invitados.

—Pero... no traigo mi credencial.

—¡No necesitas credencial! Sólo da tu nombre.

—Me van a cobrar una cuota extra.

Lobelo sacó un fajo de billetes y me lo sacudió en la cara.

—El dinero a mí me sobra. Luego te regalo un poco... ¡Reacciona! Vamos a entrar al club contigo... ¿Entendiste?

El muchacho gordo me jaló de los cabellos y puso un brazo en mi cuello para asfixiarme.

—Déjalo —dijo Lobelo—. Felipe, "el Malapata" es nuestro amigo ¿verdad?

Dije que sí. Me liberaron. Caminamos hacia la puerta. El policía anotó en su libreta que mi padre debería pagar una cuota extra por los dos invitados que yo había llevado.

—¿Y ahora? —pregunté—. ¿Quieren jugar fútbol?

Rieron.

—No somos deportistas —aseguró Lobelo—. Vengan, les voy a enseñar algo increíble.

Lo seguimos. Entramos a las regaderas de hombres; el ambiente estaba húmedo y el piso mojado. Varios señores se bañaban, y una nube de vapor los envolvía. Lobelo caminó por delante volteando para todos lados como un ladrón. Llegó hasta la esquina del vestidor, abrió rápidamente una pequeña puerta y se metió, haciéndonos señales para que lo siguiéramos. Era el cuarto de máquinas, había motores y calderas.

—¿Qué hacemos aquí? —pregunté asustado—. Si nos descubren...

—Cállate cobarde... Vengan. Miren eso.

Señaló con el dedo una mancha en la pared.

—¿Qué es? —pregunté.

—Un hoyo. De seguro lo hizo algún trabajador de mantenimiento.

Lobelo subió a la caldera y se detuvo sobre el muro para agacharse un poco y mirar por el agujero.

—¡Guau! —exclamó después—. ¡Vean nada más! ¡Qué mujer! Está gorda y llena de bolas. ¡Y aquella! ¡Qué diferencia! Ésa sí es una flaca.

—A ver. Déjame ver.

El amigo de Lobelo se trepó junto a él. Tuve la sensación de un hormigueo en el estómago. ¿Estaban viendo mujeres desnudas por ese agujero?, ¿pero, cómo?

Pasaron mucho tiempo turnándose para mirar. Después de un rato me dijeron:

—¿Quieres echar un vistazo? ¿O te da miedo?

El gordo se bajó de la caldera para hacerme un lugar. Subí

y me apoyé en el muro. En efecto, pude observar el baño de las mujeres. Había varias señoras sin ropa.

—¡Eh! —gritó Lobelo—, ¡al "Malapata" le está gustando!

—¡Ya quítate! —dijo el gordo—. Es mi turno.

Pero como tardé en obedecer, quiso subirse junto a mí. Perdí el equilibrio. Empujé los tubos calientes de la caldera y se vinieron abajo haciendo un escándalo. El vapor comenzó a rodearnos. Tosimos. Por fortuna no sufrimos quemaduras.

—¡Vámonos! —dije—. ¡Esto puede explotar!

Casi de inmediato alguien abrió la puerta.

—¿Quién anda ahí?

Varios señores a medio vestir nos miraban asombrados. Luego llegaron dos policías. Fuimos llevados a las oficinas del club. El administrador estaba furioso.

—¿Qué hacían allá adentro?

Mis compañeros se quedaron callados. El hombre se dirigió a mí:

—Si no hablas, voy a tener que llamar a tu padre.

—No —supliqué—, por favor. Últimamente le he causado muchos disgustos.

—Entonces dime, ¿qué buscaban en ese cuarto?

No tenía escapatoria. Inhalé y dije:

—Vinimos a ver a las señoras desnudas por un hoyo que hay en la pared.

El administrador se quedó pasmado. Llamó a los vigilantes para que inspeccionaran el cuartito de máquinas. Encontraron una vieja cámara con la que seguramente alguien fotografiaba a las mujeres por el agujero. Se armó un gran problema.

—¿Quién es el responsable de esto? —vociferaba el jefe del club—. ¡Traigan a todas las personas de mantenimiento! Quiero interrogarlas.

—¿Y nosotros? —preguntó Lobelo—, ¿podemos irnos?

—¡No! —contestó el hombre furioso—. A ustedes dos no los conozco, pero a ti sí, Felipe, y conozco a tu familia. Tus padres son decentes. Tú deberías serlo también. Escúchame bien: Nadie tiene derecho a mirar o a tocar las partes íntimas de otra persona sin permiso. Cuando estamos desnudos, todos nos parecemos, pero esa desnudez, es parte de tu intimidad. Quien no respeta la intimidad ajena es un perverso. Y hay muchos en el mundo: Gente que falta el respeto a las mujeres y les hace invitaciones indecentes, gente que toma fotografías de personas desnudas para luego venderlas o exhibirlas; gente incapaz de comprender que la sexualidad es algo hermoso para compartir cuando se está casado, en un ambiente de amor.

Lobelo y su amigo parecían fastidiados. Miraban hacia el techo distraídos. El administrador levantó aún más la voz:

—Ustedes tres, niños, nacieron gracias a la unión amorosa de sus padres. Son producto de la bella intimidad de dos personas que se amaban. Es algo muy grande y bueno ¿comprenden? ¡Nunca se dejen llevar por quienes tratan al cuerpo humano como algo sucio! ¡Nunca vean pornografía, ni hablen de la desnudez de otra persona con morbo o malicia! ¡No participen en conversaciones obscenas! ¡Sean distintos! Hay muchos niños irrespetuosos, que llegan a convertirse en jóvenes desvergonzados y en adultos malvados. ¡No sean ese tipo de niños! Los verdaderos triunfadores respetan su cuerpo y el de los demás, saben darse su lugar y no permiten que nadie los obligue a hacer travesuras de tipo sexual, ¿de acuerdo?

Hubo un largo silencio.

—¿Ahora sí nos podemos ir? —preguntó Lobelo.

—Váyanse —contestó el administrador—, pero tú, Felipe, quédate aquí. Todavía tenemos cuentas que arreglar. Hubo algunos tubos rotos. Vamos a determinar los daños y me firmarás un pagaré.

Mis compañeros salieron y yo me quedé adentro.

Por favor, revisa la guía de estudio en la pagina 158,
antes de continuar la lectura del siguiente capítulo.

Carlos Cuauhtémoc Sánchez

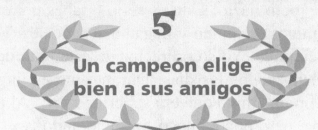

5

Un campeón elige bien a sus amigos

Miré al administrador con ojos suplicantes.

—¿De verdad me va a cobrar los tubos rotos?

—Tú los rompiste. ¿Crees que debo pagarlos yo?

Negué con la cabeza y agaché la vista. El hombre suspiró y comenzó a decir:

—Felipe. Cada día tomamos muchas decisiones: Elegimos qué ropa ponernos, qué desayunar, qué camino seguir, cómo realizar nuestros deberes. Bien. Las elecciones más importante de tu vida tienen que ver con personas: Con quién te casarás, con quién trabajarás y sobre todo **quiénes serán tus amigos**. Si te equivocas en ese tipo de elecciones echarás a perder tu vida.

Hizo una pausa y aproveché para protestar:

—Señor. Todo mundo me dice lo que debo hacer: con quién andar, qué me beneficia y qué no. ¡Eso me fastidia!

—De acuerdo, Felipe, ¿quieres tomar tus propias decisiones? ¡Pues ponte atento y tómalas bien! No esperes a que alguien te diga "ten cuidado con ese muchacho, o esa novia te perjudica". Sé observador y date cuenta por ti mismo.

¡Aléjate de quienes no te convengan! Hazlo por tu propia iniciativa, ¡pero hazlo! Esto es serio, ¿sabes por qué? Porque los amigos se imitan y llegan a ser iguales. Voy a ponerte un ejemplo: Yo soy director de este club deportivo. Practico tenis todos los días. Durante meses, jugué cada mañana con un amigo que era superior a mí... Al principio me ganaba, pero poco a poco fui mejorando ¡y él fue empeorando!, hasta que quedamos en el mismo nivel de juego. Siempre empatábamos. Tiempo después, comencé a practicar con un novato. Él subió de nivel y yo bajé, hasta que volvimos a quedar empatados. Es una regla: Dos personas que juegan tenis todos los días, acaban igualándose; el bueno se hará un poco malo y el malo un poco bueno. Y así es en la vida: Si un muchacho perezoso se hace amigo de otro muy dinámico, con el tiempo, el flojo comenzará a ser más activo y el activo se volverá más flojo, hasta que se

emparejen. Si nunca dices palabras sucias, pero te juntas con un majadero, él, por convivir contigo, se hará menos grosero y tú por convivir con él, te volverás malhablado, hasta un punto en el que los dos sean iguales. Se llama ley del balance. ¡Cultiva sólo amigos que no tengan vicios, que no digan mentiras ni hagan trampas, que no hablen mal de otros ni creen conflictos, que no sean groseros o agresivos! El vicioso, siempre te llevará por mal camino, el tramposo te obligará a mentir, el grosero te enseñará a maldecir y el que habla mal de otros, hablará mal de ti. ¿Has entendido?

Dije que sí con la cabeza.

Llenó una hoja en la que me hacía responsable por los daños del vestidor.

—Firma esto, por favor.

Lo hice.

—Ahora, vete. Cuando sepa el costo de los tubos, te lo haré saber.

Salí de ahí con pasos lentos.

Mis compañeros estaban esperando. El gordo granoso me empujó por el hombro. Casi me caigo.

—¿Por qué confesaste?

—Estábamos acorralados.

—Ay sí, *chulis* —dijo Lobelo con tono de burla—. "No le digan nada a mi papá". Ja, ja. Te creí más valiente. Además, grandísimo animal, fue por tu culpa que nos descubrieron. Estabas ahí, pegado al agujero, viendo a las viejas encueradas —comenzó a reírse—. Luego, te caíste y rompiste todo. Eres un idiota, Felipe. Ocasionas problemas dondequiera que andas. Tienes la culpa de que tu hermano esté en el hospital. En realidad tienes la culpa de todo lo malo que pasa a tu alrededor.

33

Se subieron a la motocicleta y la pusieron en marcha. Esta vez no me invitaron. Caminé por la calle sintiéndome como un gusano.

—Cobarde, "mala suerte" —me dijo el gordo.

Lobelo hizo que la motocicleta pasara rozándome y me golpeó en la nuca con la mano abierta. Esta vez, sí me fui de boca. Tardé en levantarme.

—¡Por todos los santos, Felipe!, ¿dónde andabas? —me preguntó Carmela en cuanto llegué a la casa.

—Fui a dar la vuelta.

—Tu mamá me advirtió que...

—Ya sé, ya sé, ya sé...

Prendí la televisión y subí el volumen al máximo para no oír sus regaños. Cuando la nana se fue, sintonicé las caricaturas, bajé el volumen y me quedé dormido.

Varias horas después, el teléfono sonó y desperté. Había comenzado a oscurecer. Era mi papá.

—Hola, hijo. ¿Cómo estás?

—Bien, ¿y mi hermano Riky, ha mejorado?

—Más o menos. Hay algunas complicaciones. Luego te explico. Tu mamá y yo estaremos en el hospital hasta tarde. Pórtate bien... Obedece a Carmela.

—Descuida, papá. Lo haré.

Carmela había dejado un plato de guisado sobre la mesa y se había metido a su cuarto. Tomé un tenedor y comí el alimento frío. Casi, de inmediato, el teléfono volvió a sonar. Pensé que a papá se le había olvidado decirme algo, pero no era él.

—Hola, "Malapata".

—¡Lobelo! ¿Qué quieres?

—Te llamo para hacer las paces. Me porté grosero contigo. Lo reconozco. ¿Olvidamos todo?

Desconfiaba de sus palabras. Guardé silencio.

—¿Y tus papás? —preguntó.

—No han llegado.

—Tampoco mi padrastro está —me dijo—. Invité a varios cuates a mi casa. Haremos una reunión. También vendrán chicas. ¿Qué te parece?, ¿fumamos la pipa de la paz?

Quise colgar el teléfono. Decir "no me interesa", pero me faltaba valor para enfrentarme a él.

—¿Qué dices? —insistió—. ¿Quieres que vayamos por ti?

—No.

—Felipe, en la fiesta, te daré un regalo para contentarte. Sabes que tengo mucho dinero. Acompáñanos, aunque sea un rato. Si no llegas pronto, iremos por ti.

—Lo pensaré.

Colgué el teléfono.

Fui a mi recámara y caminé dando vueltas. Las palabras del director del club deportivo me martillaban la mente: "Los viciosos te llevarán por mal camino, los tramposos te obligarán a mentir, los groseros te enseñarán a maldecir... ¡Cultiva buenas amistades!"

Era fácil decirlo, pero un chico de doce años necesita sentirse aceptado por sus compañeros. ¡No puede aislarse ni buscarse rivales!

Miré el reloj. Eran las siete de la noche. ¿Cómo me escaparía sin que Carmela se diera cuenta? Exploré el terreno. La nana seguía dentro de su cuarto. Sin duda estaba enfadada conmigo. Eso me facilitaría las cosas. Saldría de la casa un par de horas y regresaría antes de las diez...

Aunque Lobelo no me conviniera como amigo, tampoco deseaba tenerlo de enemigo.

Tomé las llaves del portón y me escabullí.

Caminé por la calle.

Cuando llegué a la casa de Lobelo, sentí miedo. La puerta se hallaba entreabierta y me vieron. El muchacho obeso me recibió.

—¡Felipe, que bueno que llegaste! Pasa, pasa.

Me di cuenta de que estaba cometiendo otro grave error, pero era demasiado tarde. Lobelo, detrás de él, sonreía de manera sospechosa.

—¿Estás listo para la sorpresa que te hemos preparado?

Algo andaba mal. Se dirigió al interior y gritó:

—¡Muchachos, el "Malapata" ya está aquí!

Su tono de voz me hizo pensar que me habían tendido una trampa.

Por favor, revisa la guía de estudio en la pagina 159,
antes de continuar la lectura del siguiente capítulo.

6

Un campeón alimenta a sus soldados

Entramos al garaje y vi un escenario extraño: Al centro, nada; alrededor, varios muchachos sentados sobre las mesas. Algunos me saludaron con malicia.

—¿Qué está pasando? —pregunté.

—Los invitados se preparan para el show.

—¿Cuál show?

—Ya lo verás.

De repente, apareció un enorme perro enloquecido que comenzó a dar vueltas en el espacio libre buscando a quién atacar. Como todos estaban subidos sobre las mesas, sólo me encontró a mí. Quise alejarlo moviendo las manos. Todos se rieron. La fiera, ladrando, se lanzó para tratar de morderme un pie. Di una leve patada. Mis movimientos debieron parecer muy graciosos, porque los espectadores volvieron a reír. El perro gruñía y mostraba sus colmillos; abundante baba le llenaba el hocico. Me arrinconó. Tenía los ojos fijos. Parecía un animal rabioso. Me atacó con furia de nuevo. Esta vez mordió mi zapato y se negó a soltarlo. Quise sacudírmelo, pero el terror me paralizó. Sentí que un chorro de agua caliente me bajaba por los pantalones.

—¡El marica de Felipe se está orinando! —gritó alguien.

La voz de una chica trató de tranquilizarme:

—Cálmate. ¡Es un juego! El perro está educado. Sólo muerde los zapatos.

Pero yo me hallaba horrorizado. Mi mente no alcanzaba a comprender lo que ocurría. Al lado de mí, había una silla de metal. La tomé con ambas manos y la dejé caer sobre el animal.

El perro chilló y me soltó. Hubo exclamaciones de enojo. Lobelo protestó:

—¿Qué haces? ¡Vas a lastimar a mi mascota!

Volví a golpear al perro con la silla y entonces la fiera se olvidó del juego que le habían enseñado y se abalanzó a mi cara. Interpuse el brazo y me encogí. Comenzó a morderme todo el cuerpo. Sentí sus colmillos penetrar en mi costado, mis piernas, mi espalda, mi oreja...

—¡Sepárenlo! ¡Lo va a matar!

Al fin lo apartaron.

Me quedé tirado en el rincón.

Tenía la ropa desgarrada y varias heridas profundas. Estaba temblando de miedo y llorando de dolor. Dos muchachitas me llevaron a un sillón de la casa.

—¡Pobrecito! —murmuró una de ellas—, ¿te sientes bien? Antes de que llegaras, estuvieron jugando con el perro. Hubo varios voluntarios. Fue divertido, pero contigo las cosas se salieron de control... Pobrecito... Voy por medicina.

Me senté en el sillón y sentí que me desmayaba. A los pocos minutos volvió.

—Necesitas desvestirte. Para lavarte y ponerte desinfectante.

—¡Yo me voy! —dijo la otra chica—. Te quedas con él.

—¡Nada de eso! Felipe, desvístete solo y entra al baño a curarte tú mismo. Aquí están las medicinas.

Caminé abriendo las piernas, lleno de vergüenza. Entré al sanitario. Me quité el pantalón lo lavé, lo exprimí y lo froté con una toalla. Las heridas me lastimaban el cuerpo, pero el pantalón orinado me lastimaba el amor propio.

Y ahora, ¿cómo iba a salir del sanitario?

Bajé la tapa del excusado y me senté para contemplar mi piel hecha trizas. Después, toqué mi oreja y observé el líquido rojo que me manchaba la mano. Sentí ganas de vomitar.

¿Qué me pasaba? Eso no era normal. Volví a fijar la vista

39

en la sangre. Descubrí cientos de bolitas moviéndose de forma temblorosa, como si mi visión pudiera penetrar en los intrincados secretos de ese líquido rojo.

Recordé las clases de Ciencias Naturales. Me habían explicado que la sangre transporta oxígeno y nutrientes para llevarlos a cada célula, también me habían hablado de los defensores que habitan en ella y cuidan al cuerpo.

Me dejé ir por un rato como adormecido. Entonces comencé a tener una especie de pesadilla más definida: Las ruedas en la sangre formaron la figura de algunos soldados flacos, adormilados y enfermos. Parecían los tristes esclavos de una guerra perdida. Era lógico pensar que a los pobres no les habían dado de comer en varios días. También distinguí la imagen de varias bestias infernales, musculosas, fuertes y de aspecto feroz. Sin duda, se habían alimentado muy bien últimamente. De pronto, ambos grupos comenzaron a pelear. Fue una lucha brutal y desigual. Los monstruos despedazaron a los débiles soldados.

Salté lleno de miedo.

—¿Qué me pasa? ¿Por qué veo esas terribles cosas? En la sangre de mi hermano distinguí los mismos monstruos y soldados.

Entonces no pude comprender el significado de mis alucinaciones, pero hoy sé que todos poseemos seres internos que nos dominan. Cuando un niño tiene conducta o pensamientos negativos, alimenta a los poderes del mal. Cuando, por el contrario, piensa o hace cosas buenas, vigoriza a sus defensores. En mi caso, los monstruos eran más fuertes y habían dominado a los soldados. Podía sentirlo, porque me invadían el coraje, la tristeza, el rencor, el odio, y el temor.

Carlos Cuauhtémoc Sánchez

Hice un esfuerzo, terminé de lavarme y coloqué antiséptico en mis heridas. Después, me puse el pantalón húmedo para salir del baño dispuesto a correr hasta la calle.

En el garaje habían puesto música y algunos muchachos bailaban. Lobelo se me interpuso.

—Perdóname *brother*. Nunca creí que el perro te atacara *de a de veras*. Olvidemos los malos ratos y terminemos el día en paz. Ven.

Me abrazó por la espalda y me condujo hasta una mesa en la que varios muchachos contaban chistes. Me recibieron con amabilidad. Todos estaban un poco apenados por lo que me había pasado. Me ofrecieron una deliciosa bebida dulce. A los primeros tragos, sentí que mi cuerpo se revitalizaba.

Sabía que debía alejarme de ahí, pero me faltaba carácter. Estaba muy mareado.

Algunos de mis compañeros de doce y trece años fumaban. En el centro del rectángulo dos muchachas interpretaban un baile sexy. Después, una chica me sacó a bailar y yo acepté. Me ofreció un cigarrillo e intenté fumar. No pude. Seguí tomando la bebida dulce que todos tomaban.

En pleno baile, perdí el equilibrio y caí al suelo.

Oí que alguien dijo:

—Felipe está borracho.

No recuerdo qué pasó después. Me llevaron a mi casa a medianoche. Hallaron la llave de la puerta en mi pantalón y me dejaron tirado en la sala. Tuve pesadillas: Soñé que tenía como mascota un perrito blanco que me acompañaba a todas partes; pero estaba flaco y enfermo. Íbamos caminando por la calle, cuando apareció Lobelo frente a mí. Llevaba a su enorme perro negro. Mi esquelético cachorro trató de defenderme, pero la fiera negra lo descuartizó y se abalanzó hacia mí para atacarme.

Desperté bañado en sudor. Apreté un botón de mi reloj de pulsera y la lucecita azul me dejó ver la hora: La una y media de la mañana. Las heridas me dolían. Me puse de pie y vi la figura de un hombre.

El intruso se acercó a mí. Era mi padre.

—¡Felipe! —dijo asombrado—. ¿Qué haces despierto a esta hora? ¡Vestido, con zapatos! Ven acá. ¡Hueles a licor!

Pensé que iba a regañarme, pero me equivoqué.

—¡Dios mío! —exclamó—. ¿Qué te pasó en la oreja?

—Soy un tonto —respondí—. Lobelo me invitó a una fiesta. Cuando llegué, soltó a un perro para que me mordiera. Todos los niños se rieron de mí. Me oriné. Tengo mucha vergüenza. Nada me sale bien.

—¿Fuiste a una fiesta? ¿Con qué permiso? —salió de la habitación gritando—. ¡Carmela!

Mi padre habló con la nana. Ella hizo muchas exclamaciones y aseguró que yo era un travieso y desobediente. Papá se enfadó aún más. Siguieron discutiendo. Me tapé los oídos. Después de un rato volvió.

—Déjame ver tus heridas.

Me recosté.

—¡Increíble! —comentó después con mortificación—. ¡Mira nada más! Estás lleno de mordeduras. ¿Cómo se atrevieron a hacerte esto? Ese perro pudo matarte. En cuanto amanezca, iré a casa de Lobelo para reclamarle.

—No lo hagas —contesté—. Soy un burro, cabeza dura. ¡Merezco todo lo malo que me pasa! Yo ocasioné que mi hermano se cayera de la azotea. No valgo nada. No sobresalgo en los deportes. Tengo miedo de que mis compañeros me golpeen. Casi nunca obtengo buenas calificaciones. Todos saben más que yo. ¡Quisiera morirme!

—¿Qué dices? ¡Me asustas, Felipe! Nunca te había oído hablar así.

—Papá, no me conoces bien. No sabes lo tonto y lo malo que soy.

Mi padre se separó unos segundos para contemplarme.

—Siéntate en la cama, por favor.

Obedecí.

—Pensé que tu cuerpo estaba lastimado —me dijo—. Pero tienes mucho más lastimado el corazón...

Por favor, revisa la guía de estudio en la pagina 160, antes de continuar la lectura del siguiente capítulo.

Carlos Cuauhtémoc Sánchez

7
Un campeón tiene capital de autoestima

Papá respiró hondo y comenzó a hablarme con voz tierna.

—Cuando yo era niño, algunos compañeros también se portaban groseros conmigo. Me decían "el sapo" y se burlaban de mí todo el tiempo. Un día, me quitaron los pantalones en el baño y me obligaron a ir por ellos hasta el patio. Las niñas me vieron. Todos se rieron. Entonces comencé a ser rebelde y grosero. En casa gritaba y tenía el carácter agrio; afuera me hice juguete de los demás. Me sentía como basura... Una mañana, mi maestra titular enfermó y llegó una nueva profesora suplente. Era joven y bonita. Se dio cuenta de la forma en que mis compañeros abusaban de mí y comenzó a hablarme todos los días al final de las clases. Me contó muchas historias bellas. Dijo cosas que me ayudaron a salir del agujero en el que estaba.

—¿Ella te platicó la leyenda de los hermanos que me escribiste en tu carta?

—Sí, ella fue.

Yo estaba sentado en la cama, sin camisa, con mis heridas al aire. Papá volvió a levantar la voz:

—Felipe, respétate a ti mismo y obliga a los demás a que

45

. Hay fiestas a las que no debes ir... compañeros ɔen ser tus amigos. Sé fuerte y enfrenta una reali- ɔersonas malas desean aplastarte y hacerte sentir a lombriz. ¡No les sigas el juego! ¡No trates de caer- les bien! ¡Aléjate de ellas! Piensa: ¿Por qué buscas a Lobelo? ¿Sólo porqué tiene moto y tú no?, ¿sólo porque lo dejan andar en la calle, hacer fiestas, fumar y emborracharse, y a ti no te dejan? ¡Cuidado, hijo! La maldad se disfraza de belleza, pero detrás de ella hay muerte y destrucción.

Hizo una pausa. Protesté:

—Mi problema no es solo Lobelo, papá. Soy torpe... eso no me lo dijo nadie. ¡Yo me doy cuenta!

—Felipe ¡tú no eres torpe! ¡A todos nos salen las cosas mal, a veces! Es normal equivocarse, caerse, cometer errores, sufrir la burla de gente envidiosa. Así es la vida.

—¡Pues yo no soporto la vida!

—¡Tranquilízate! Sé menos nervioso. No tomes las cosas tan a pecho. Te voy a explicar algo que mi maestra llamaba "el juego de la autoestima": Imagina una alcancía, en la que has ido ahorrando monedas. Cada vez que realizas alguna actividad, debes apostar parte de tus ahorros. Si todo sale bien, ganas más monedas; si te va mal, pierdes las que apostaste. Tu problema, Felipe, es que *siempre apuestas demasiado* y al perder, te vas a la ruina, ¿me entiendes?

Dije que no moviendo la cabeza. Sonaba complicado.

—Voy a darte un ejemplo —continuó—. Imagina que tienes cien monedas en tu alcancía de autoestima y vas a participar en un concurso. Como es algo muy importante para ti, apuestas las cien. Pierdes el concurso y te quedas con nada. Entonces te sientes un verdadero fracasado.

46

—Pero si hubiera ganado, tendría doscientas y me sentiría un triunfador...

—¡Exacto! El chiste del juego es hacerlo emocionante, pero **no apostando mucho** sino **valorando** cada moneda de tus ahorros. Otro ejemplo: Ves a una muchacha sola, quieres acercarte a ella, y apuestas dos moneditas de autoestima en la aventura. Si la chica te acepta y platica contigo, no te pones nervioso; si te rechaza, sigues adelante con una sonrisa en la cara, pues sólo perdiste dos insignificantes monedas —me tomó por los hombros y alzó aún más la voz—. Cuando se burlen de ti, no debes pensar que es el fin del mundo, y cuando te acepten, tampoco creas que has logrado algo muy importante. ¡Toma la vida más a la ligera! No te desanimes si alguien te maltrata. Sigues valiendo mucho por otras razones. Tu alcancía de autoestima debe permanecer llena, aunque a veces te vaya mal.

—Papá —le dije sonriendo, pero con ganas de llorar—. Esta noche, mi alcancía de autoestima está vacía.

Me acarició con ternura.

—Lo sé. Déjame llenarla un poco —puso sus dos manos en mis mejillas para obligarme a verlo a los ojos—. Felipe, te amo —dijo con voz suave—. Acéptalo: Vales mucho. A tu madre y a mí nos diste una gran alegría cuando naciste, y cada día te vemos crecer con mucho orgullo. No te sientas culpable por el accidente de tu hermano ni por ninguna otra cosa. Eres grandioso, pero también vulnerable. Cuídate. No te metas en más problemas...

Dije que sí. Poco después, me recosté y papá volvió a la cuidadosa tarea de curar las heridas de mi cuerpo. Me quedé profundamente dormido.

Al día siguiente, fuimos a casa de Lobelo. Abrió la puerta un hombre de aspecto sombrío. Mi padre le explicó que su hijo me había echado al perro en medio de una fiesta y que el perro me había mordido varias veces. También le dijo que, en esa reunión, los niños fumamos y tomamos licor.

El hombre se mostró sorprendido.

—Lobelo no está en casa, pero me las va a pagar. En cuanto llegue le daré su merecido.

Carlos Cuauhtémoc Sánchez

Mi padre agregó:

—Necesito ver la cartilla de vacunación del perro.

—Buscaré los papeles —contestó—. Regrese al rato. Respecto a lo que hizo Lobelo, reciban una disculpa de mi parte.

Papá prometió volver. Después fuimos a un restaurante. Por la tarde, me dejó en la escuela, antes de irse al hospital. Era viernes. Necesitaba recoger mi nuevo horario y la lista de profesores que me darían clases a partir del lunes.

Vi a Lobelo en el patio del colegio. Lo acompañaba el compañero obeso. Quise escabullirme, pero fue inútil. Los dos tiranos se me pusieron enfrente. Lobelo me empujó.

—¿Por qué fuiste a acusarme, cobarde "Malapata"?

Traté de caminar hacia un lado para evadirlo. Me detuvo por el brazo.

—Mi padrastro nunca me regaña y ¡ahora lo hizo! Por tu culpa, como castigo, me quitó la motocicleta.

—Lo siento.

—¿Lo sientes, grandísimo baboso? Pues yo lo siento más: ¡Ya verás lo que voy a hacer contigo!

Entonces se acercó a mí de un salto. Me arrebató mi carpeta de apuntes con los nuevos horarios y se la arrojó a su amigo. Traté de atraparla en el aire. Fue inútil. Corrieron hacia el fondo del patio. Los seguí. El chico obeso me detuvo mientras Lobelo tiraba al piso mis papeles y bailaba sobre ellos.

—¡No hagas eso! —supliqué.

—¿Por qué no? —contestó—. Es basura. Vamos a echarla por la coladera.

Había unas rejillas en el suelo. Arrojaron mi carpeta en el interior. Después corrieron.

49

Llegué al lugar. Miré hacia abajo.

Era una ventilación del sótano. Quise pedir ayuda al prefecto, pero me sentía tan desalentado, que sólo apreté los puños lleno de ira.

¿Qué debía hacer?

Según mi padre, lo correcto era no darle importancia al problema, olvidarme de mi carpeta, volver a pedir otros horarios y salir de la escuela con mi autoestima intacta, pero ¡no podía! Me faltaba control. La ofensa de Lobelo era demasiado importante para mí.

Había una tapa de lámina por la que se podía bajar al sótano. Siempre estaba cerrada con candado, aunque, como las clases comenzaban hasta el lunes, quizá se encontrara abierta. Fui a ver. Así era.

No había nadie cerca. Levanté la tapa y bajé despacio por las escaleras. Mi carpeta había caído en un charco. Oí ruidos y risas, luego un golpe metálico. Alguien me dijo desde afuera:

—¿Flacucho, "Malapata"? ¿Cómo entraste ahí? Tú sabes que está prohibido.

Lobelo trataba de encerrarme. Corrí de regreso. Rocé un tubo y volví a lastimarme la oreja.

—¿Qué vas a hacer? —grité.

No me contestó. Llegué a la escalera y subí.

Como me lo temía: Había puesto el candado por fuera.

Por favor, revisa la guía de estudio en la pagina 161, antes de continuar la lectura del siguiente capítulo.

Carlos Cuauhtémoc Sánchez

8
Un campeón no se queda postrado

Era viernes en la tarde. Los empleados se irían y la escuela estaría cerrada todo el fin de semana. Grité con todas mis fuerzas:

—¡Déjenme salir!

Nadie contestó. Trepé por la escalera y golpeé la tapa hasta que me lastimé el brazo. Lágrimas de pánico y coraje comenzaron a mojarme la cara. Era inútil. Estaba atrapado. Oscurecía. Cada vez entraba menos luz por las rendijas. Volví a gritar:

—¡Abran, por favor! ¡Estoy aquí encerrado! Alguien que me escuche... ¡abran, abran, por favor!

Cuando mis padres volvieran del hospital, no me encontrarían en casa; Carmela se encogería de hombros y ellos enloquecerían buscándome. Pero nadie me hallaría, hasta el lunes, y para entonces, estaría muerto.

Las palabras de papá se repetían en mi mente una y otra vez: "Eres grandioso, pero también vulnerable. Cuídate. No te metas en más problemas..."

Afuera se oían murmullos muy lejanos.

—¡Auxilio! Ábranme, ¡por favor!

Los rumores disminuyeron.

Se hizo de noche y el colegio quedó solo.

Hablé conmigo mismo:

—¡Cuánta maldad! Una cosa es hacer bromas, poner apodos o echarle el perro a alguien, y otra muy diferente es encerrar a un compañero durante dos días y tres noches. ¡No lo puedo creer! ¡Lobelo quiere matarme!

Sentí dolor en la oreja. Me froté con la mano. Estaba húmedo. De la herida me salía sangre de nuevo.

Miré el líquido rojo que me llenaba la mano. Esta vez no me mareé ni vi monstruos peleando. Faltaba luz. Sólo sentí frío y tuve ganas de volver el estómago.

—Ayúdame, Dios mío —supliqué—. No quiero morir aquí.

De pronto, recordé algo: Había un conserje que vivía en

el extremo oriente de la escuela. Tenía esposa y una joven sobrina de quien se habían hecho cargo cuando quedó huérfana. Aunque la casa de esa familia estaba lejos de donde yo me encontraba, grité con todas mis fuerzas:

—¡Auxilio! ¡Ayúdenme! Estoy atrapado. ¡Auxilio!

En el silencio de la noche, tal vez mis clamores llegarían al conserje o a algún vecino y llamarían a la policía.

Después de varias horas, sentí la garganta desgarrada.

—¡Auxilio! ¡Auxilio! Por favor ¡Alguien que me escuche!

Ya no podía más. Me dediqué a llorar. Encendí la lucecita azul de mi reloj: Iba a dar la una de la mañana. Tenía mucho sueño, así que me acurruqué en un rincón, dispuesto a dormirme.

Repentinamente oí algo. Abrí mucho los ojos. ¡Era el sonido de pisadas cercanas! Encendieron el foco del patio y una luz tenue entró por la rendija arriba de mi cabeza.

—¡Auxilio! —grité, pero mi queja sonó débil y ronca.

—¿Quién está allá adentro? —preguntó la voz de una mujer.

—¡Yo! —contesté—. ¡Soy yo! Felipe. Un alumno. Me dejaron encerrado en el sótano. Ayúdenme a salir, por favor.

—¿Felipe? —dijo la voz—. El candado está cerrado. Voy a ver si puedo romperlo.

Me apreté las manos nerviosamente. Escuché golpes.

—Imposible —continuó la voz—. Es un candado muy grande.

—¿Por qué no despiertas al conserje? —pregunté llorando—. Él debe tener la llave.

—¡El conserje no está! Escúchame, Felipe. Hay otra salida. Ve hacia la esquina y busca tres escalones que descienden. Bájalos. Llegarás a una puerta que da al respiradero del sótano. Ábrela y entra despacio. Es un pasillo muy angosto. Conduce al drenaje. Toca las paredes hasta que encuentres otra escalera de metal. Súbela y podrás salir.

—Tengo miedo —contesté—, ¿y si hay ratas o arañas? ¿Cómo las voy a ver?

—¿Quieres salir o no? Felipe, esfuérzate. Sé valiente. Lucha por tu vida.

La voz de la mujer sonaba segura y con autoridad, como si conociera a la perfección cada rincón de ese sótano.

—¿Y si me golpeo con algo? ¡Estoy lastimado! No puedo.

—Jamás digas "no puedo". Claro que puedes. ¡Vamos!

Toqué a mi alrededor como un ciego buscando los viejos escalones. Los hallé. Empujé la puerta interior. No se movió. Lo intenté con más fuerza. Abrió un poco. El temor me inmovilizó. No quería entrar a ese pasillo. Estaba demasiado oscuro y angosto. ¿Y si me atoraba?

—Mejor voy a quedarme aquí, donde estoy... —anuncié temblando—. Mañana, alguien me sacará.

—¡No! —dijo la voz—. Debes salir *ahora*. Como bien dijiste, tal vez haya animales peligrosos allá abajo, muy cerca de ti. ¡Levántate! ¡Sé valiente! Pelea contra el temor que te domina.

Estaba engarrotado. Mi cuerpo y mis pantalones mojados, mi mente desmoralizada y apocada. Era un perdedor. Siempre perdía...

Como si la persona de afuera me hubiera adivinado el pensamiento, preguntó:

—Felipe, ¿sigues ahí?

—Mhhh.

—¡Tú eres un triunfador! Vamos. No puedes fallarte a ti mismo. Si permaneces postrado durante mucho tiempo, se te entumirán las piernas y se te debilitará el carácter. Debes ponerte de pie para luchar. Nada ni nadie debe derrotarte. Deja salir al león que hay en tu interior y demuestra tu bravura. Sé valiente. ¡Nunca, nunca te quedes tirado!

"¡Vaya!", me dije, "¿cómo puede la esposa o la sobrina del conserje decirme todo eso?" Lo cierto es que, quien fuera esa mujer, me transmitió su entereza.

Volví a ponerme de pie. Empujé un poco más la puerta y entré con mucho trabajo al respiradero del sótano. Olía a humedad. Se escuchaba una gotera. Palpé las paredes. Estaban llenas de hongos y moho. Escuché ruidos como de animales escondiéndose. Me quedé paralizado.

De pronto, escuché un aleteo a mi alrededor.

—¡Aquí abajo hay murciélagos! —grité.

Sentí el revoloteo de sus alas, pero ninguno chocó conmigo. En la total oscuridad, ellos podían moverse a la perfección.

—Sigue adelante —me contestó la voz—, no te harán nada.

Obedecí.

Por favor, revisa la guía de estudio en la pagina 162, antes de continuar la lectura del siguiente capítulo.

Sangre de Campeón

9

Un campeón nunca dice mentiras

Al fin hallé la escalera de metal. Estaba áspera y floja. Puse un pie sobre ella con el temor de que se viniera abajo. Rechinó. Otro murciélago pasó rozándome. Estuve a punto de perder el equilibrio.

Movido por el deseo de escapar, comencé a subir.

Llegué al techo y golpeé.

—¡Lo lograste! —me dijo la voz desde afuera—, ahora empuja y yo jalo. Hace años que nadie abre esta tapa. Está pesada.

Hice un gran esfuerzo. Al fin, la escotilla se abrió y salí a gatas. Mi salvadora me tendió la mano. Era una mujer alta y delgada.

—Hace frío —me dijo—.Vamos a las oficinas. Están calientes y alfombradas.

—Gracias —respondí caminando a su lado.

—¿Quieres que llamemos por teléfono a tus papás para que vengan por ti? Tal vez estén buscándote.

—Sí —contesté—. Por favor.

Sacó una pequeña llavecita de su bolsa y abrió la chapa. Encendió la luz. Entramos a la oficina del director.

Marqué el teléfono de mi casa. Sonó por varios minutos. Nadie contestó.

—Seguramente mis padres se quedaron a pasar la noche en el hospital —supuse—, y Carmela tiene el sueño muy pesado. Mejor me voy yo solo a casa.

—¡Pero son casi las dos de la mañana! Quédate a dormir aquí. Te conseguiré cobijas.

Entonces la miré:

Era una joven de dieciséis o diecisiete años, vestida con zapatos tenis y ropa deportiva. Tenía ojos cafés y cabello castaño brillante. Usaba un fuerte perfume.

Murmuré en voz baja:

—¿Eres la sobrina del conserje? Todos en la escuela hablan de ti, pero como nunca sales... dicen que... —titubeé—, dicen que... eres fea y jorobada.

Sonrió.

—Algunos niños son muy crueles —comentó—. En fin. Oí tus gritos y me desperté. Por suerte conozco muy bien ese sótano. He bajado varias veces —hizo una pausa; después preguntó—: ¿Qué hacías allá adentro?

Sentí vergüenza y comencé a decir mentiras:

—Me gusta explorar. Entré al sótano buscando aventuras. De seguro, el conserje, es decir, tu tío, vio la tapa abierta y cerró sin darse cuenta de que yo estaba adentro.

—¡Oh! —exclamó—. ¿Y qué te pasó en la oreja?

—Ah, no es nada. Me rasguñé escalando una montaña.

Ella negó con la cabeza. Sin duda detectó la falsedad de mis palabras.

—Hace poco leí —relató con tono maternal—, que en una tribu se ponía a prueba a los jóvenes para medir su valor. A un chico le pidieron que se internara en la selva, buscara un león, una serpiente y un elefante; se acercara a cada uno y los tocara. El joven partió. A las pocas horas encontró al león, después a la serpiente. Arriesgando su vida, tocó a ambos animales. Buscó al elefante, pero no halló ninguno. Varios días después, desfalleciendo de hambre, regresó a la aldea. Todos lo rodearon para escuchar su informe. Él sólo tenía que decir "logré lo que me pidieron", sin embargo, dijo la verdad: "Lo siento, no pude encontrar a ningún elefante." Entonces, para su sorpresa, lo levantaron en hombros y le aplaudieron. "Eres una persona de gran valor" —le dijeron—, "no hay ningún elefante cerca porque ahuyentamos a todos; pudiste mentirnos, pero la prueba para demostrar tu valor era *decir la verdad*." Piensa en esa historia, Felipe. La fortaleza real de alguien, se mide por su capacidad para resistir a la tentación de mentir, aunque "la verdad" lo avergüence o no le convenga.

—Yo... yo... —titubeé—. Soy un aventurero.... Por eso estaba en ese sótano...

—¿En serio?

Apreté los dientes, abochornado.

—Tienes razón... Estoy mintiendo... Perdóname...

Sentí un nudo en la garganta y, después de unos minutos, comencé a platicarle todo. Le hablé de mi familia, de Lobelo, del trampolín, de la fiesta y de mis alucinaciones cada vez que miraba sangre.

Ella me contestó con ternura:

—Tienes un don muy extraño. Puedes ver la esencia de las personas en la sangre, pero los demás podemos verla en los ojos; son como las ventanas del alma. Supe que mentías porque te miré a los ojos. También sé que eres un niño muy noble porque lo veo en tu mirada.

Sentí una especie de cariño espontáneo hacia esa hermosa joven. La miré de frente y le seguí el juego.

—¿Qué más ves en mis ojos?

—Que tienes muchos miedos; no confías en la fuerza que se te ha dado para ser campeón.

Bajé la vista contrariado.

—¿Cómo lo sabes? —pregunté—. ¿Eres psicóloga?

Sonrió.

—Algo así. ¿Sabes, Felipe? —dijo después—. Alguien, a quien quiero mucho, me regaló una cajita con consejos muy valiosos. Te la voy a enseñar.

Salió de la oficina y después de un rato regresó trayendo varias cosas: bajo el brazo derecho, una cobija blanca y una almohada; bajo el izquierdo, una pequeña caja de madera y, en la mano, un vaso de leche con galletas.

—Déjame ayudarte —le dije.

Pusimos la leche sobre la mesa y acomodé la cobija en la alfombra.

—Descansa un rato —me sugirió—. Te presto esta caja. Luego me la devuelves. Cuando tengas tiempo lee las tarjetas que contiene.

Me tomé la leche de un trago y devoré las galletas.

Bostecé. Puse la almohada en la alfombra, me tapé con la cobija y abracé la cajita de madera.

Me dormí casi de inmediato. Entre sueños sentí que la caja brillaba.

Desperté como a las nueve de la mañana. Doblé la cobija, tomé el pequeño cofre de madera y salí.

La reja estaba abierta. El conserje barría la calle.

—Buenos días —dije—. Le da las gracias a su sobrina de mi parte. El lunes le traigo su caja.

El conserje levantó la mano como deteniéndome.

—¡Muchacho! ¿Qué hacías adentro de la escuela a esta hora? ¡Ven acá!

—Su sobrina le explicará. Pregúntele a ella.

Seguí corriendo. Después de un largo rato, llegué a mi casa y toqué la puerta.

Esperaba que mi madre saliera llorando, me abrazara y dijera: "Felipe, ¿dónde andabas? ¡Tu papá y yo hemos estado buscándote toda la noche!"

Volví a tocar, pero nadie me abrió.

Por favor, revisa la guía de estudio en la pagina 162, antes de continuar la lectura del siguiente capítulo.

Carlos Cuauhtémoc Sánchez

10
Un campeón no es interesado

Usé mi llave. La casa estaba sola. Me invadió una ola de tristeza. ¿Y si hubiera muerto en aquel sótano? ¡Mis padres ni siquiera se habrían enterado! Fui al cuarto de Carmela. No había nadie. La nana había recogido sus pertenencias y había desaparecido.

A las pocas horas llegó mamá. Tenía unas enormes ojeras. No me preguntó cómo estaba. Ni siquiera se dio cuenta de mis heridas. Abrió los cajones buscando algo. Después se volvió para ordenarme:

—Llama a Carmela por favor.

—Carmela no está —respondí—. Papá la reprendió ayer; parece que empacó sus cosas y se fue.

—¡Cómo es posible! Justo cuando más la necesito.

Continuó buscando en las gavetas. Con movimientos bruscos, desacomodaba cada vez más los papeles. Parecía desesperada. Después de un rato, levantó la cabeza y miró alrededor.

—¡Qué desastre! —comentó—. Felipe, debes ayudarme. Limpia la casa, lava los platos de la cocina, recoge la basura y vé al mercado por comida. Te voy a dejar la lista. En la noche regreso. No quiero encontrar este tiradero, ¿de acuerdo?

¿Por qué se portaba así?

Alguna vez escuché que, a un amigo, sus padres le daban dinero por los trabajos extras. A Carmela también le pagaban. Tomé lápiz y papel. Hice una pequeña suma:

Lavar los platos	=	*$ 30.00*
Aspirar la casa	=	*$ 20.00*
Recoger la basura	=	*$ 20.00*
Ir al mercado por comida	=	*$ 30.00*
Total del trabajo	=	*$100.00*

Y agregué una nota al final:

Mamá: Te ayudaré, pero espero que tú también me ayudes. Es justo que me pagues. Voy a hacer todos tus encargos. No olvides que me debes $100.00

Mamá pareció hallar lo que buscaba. Se dirigió a la puerta. Antes de que saliera, le di la nota y corrí a encerrarme. Estaba nervioso. Cuando calculé que ya se había ido, salí de mi habitación. Para mi sorpresa, la encontré todavía sentada en una silla de la cocina. Estaba agachada con la nota frente a ella. Me acerqué despacio por su espalda. Pensé: "Si ha analizado las palabras que le escribí, con seguridad ha reconocido que tengo razón". Pero al llegar a su lado vi que lloraba.

—¿Qué... qué te pasa, mamá? —pregunté.

Ella se limpió la cara de inmediato. Luego me observó con una mirada muy fija. Sacó un billete de $100.00 y me lo dio.

Lo tomé confundido. Después pregunté.

—Si estás... dispuesta... a... pagarme, ¿por qué lo haces tan de mala gana?

Tardó mucho en contestar. Al hacerlo, su voz sonó débil:

—Felipe, necesito que sepas algo: Cuando tú ibas a nacer, los médicos detectaron que mi vida corría peligro. Me dijeron que la única forma de salvarme era sacrificando al bebé. Les dije que nunca haría eso. Firmé un documento en el que aceptaba los riesgos. Estuve muy grave. No te imaginas cuánto. Al final, ocurrió un milagro: Nos salvamos los dos.

Controló su congoja, respiró hondo y prosiguió.

—Hijo, me he pasado en vela muchas noches junto a tu cama cada vez que estás enfermo; es verdad, cometo errores, pero todo lo que hago es por tu bienestar y el de tu hermano. Los amo con toda mi alma; daría cualquier cosa por verlos felices, mi vida misma si fuera necesario y, ¿sabes? No cobraría ni un centavo a cambio.

Sentí que unas pinzas de arrepentimiento me apretaban el corazón. Entonces me di cuenta de cuan vil y grotesca había sido mi carta. Recordé las palabras de mi maestro Miguel:

Hay personas muy interesadas que sólo hacen las cosas cuando les dan dinero o premios. Son seres vulgares.

Los grandes hombres trabajan, estudian y ayudan a otros *sin esperar una recompensa*. Se convierten en personas amadas y necesitadas por los demás.

A los generosos, la vida siempre les paga su entrega con felicidad y fortuna.

Niños: ustedes pueden tener muchos defectos pero, por favor, *nunca* sean interesados.

¿Cómo había olvidado esas palabras?

—Mamá perdóname... —le dije—. Arreglaré la casa para ti. Toma el dinero. Rompe la nota. Fue una tontería.

La abracé con mucha fuerza.

Ella me contestó:

—Sé que escribiste eso porque te sientes solo... últimamente te he descuidado. He sido fría y distante. Ni siquiera he venido a verte. No sé si has comido. No sé nada de ti.

Carlos Cuauhtémoc Sánchez

Tengo dos hijos y, aunque ambos merecen mi atención, en estos días sólo he pensado en uno... —lloró de forma inconsolable, como si se estuviese desahogando de una gran presión interior—. Perdóname tú a mí, Felipe... pero... debes saberlo: Tu hermano se está muriendo.

Me quedé paralizado.

—¿Po... por el golpe en la cabeza?

—No. El accidente de la azotea no tuvo ninguna consecuencia... De hecho fue algo bueno, porque gracias a eso le hicieron muchos exámenes y al fin descubrieron porqué, desde hace meses, sufre dolores en todo el cuerpo y le sube la temperatura por las noches...

El llanto la dominó otra vez.

—Tranquilízate, mamí.

Se limpió las lágrimas y susurró:

—A tu hermano lo ha invadido una enfermedad muy grave... Todavía tenemos posibilidades de atacarla...

La voz me tembló al preguntar:

—¿Tiene... cáncer?

Mi madre no contestó de inmediato. Antes, se limpió el rostro y trató de mostrarse fuerte.

—Sí —dijo al fin—. En la sangre. Los médicos decidieron iniciar un tratamiento de quimioterapia. Son medicamentos muy fuertes, como bombas que se meten a su cuerpo. Le cayeron mal. Riky está cada vez peor.

—¿Puedo verlo?

—No sé si te dejen entrar...

—Pide permiso. Limpiaré toda la casa y ¿regresas por mí al rato?

—¡Mi vida! Olvídate de la casa. Vamos al hospital.

Antes de salir, vi la caja que me había prestado la sobrina del conserje. Estaba sobre la mesa del comedor. Fui por ella.

—¿Qué es eso?

—Luego te cuento, mamá.

Por favor, revisa la guía de estudio en la pagina 163, antes de continuar la lectura del siguiente capítulo.

Carlos Cuauhtémoc Sánchez

11
Un campeón comprende a sus padres

Llegamos al sanatorio. Mi padre estaba ahí. Se sorprendió un poco al verme, pero me saludó con un beso. Mamá le explicó que yo deseaba visitar a Riky.

—Espéranos en la recepción —me dijo—. Vamos a buscar al jefe de piso para pedirle permiso.

Obedecí. Mientras tanto, abrí la caja de tarjetas.

Hasta arriba había una nota escrita a mano. Decía:

Felipe:
Por fortuna estaba cerca de ese sótano cuando necesitas-
te ayuda. Yo creo en los milagros. La caja que tienes en tus
manos posee características especiales. Espero que te sirva.
Con mucho cariño.
Tu amiga, IVI.

Revisé el pequeño cofre. En el dorso de la tapa, sobre la madera había tres letras grabadas: I-V-I.

Saqué una tarjeta al azar. Casualmente, el texto versaba sobre lo que yo necesitaba. No me sorprendió. En mi mente se repetía: "creo en los milagros; la caja es especial".

Comencé a leer.

Se necesita mucho dinero para vivir bien hoy en día. Hay demasiadas exigencias en las familias. Los padres deben trabajar en exceso para suplir todas las necesidades del hogar.

Si tu papá trabaja mucho, no lo juzgues ni lo trates mal. Ámalo. Compréndelo. Cuando llegue de mal humor, sé atento y cariñoso con él; déjalo descansar, pues no sabes todo lo que le ha pasado durante el día.

Por otro lado, las mamás deben atender la casa, la limpieza, la comida, la ropa de toda la familia, la tarea de los hijos, la salud, las clases extra, trabajar para ayudar a papá, ser amiga, consejera y esposa.

La labor de una madre es, con frecuencia, heroica. Muchas mujeres la hacen sin protestar, pero se les rompe el corazón cuando sus hijos son groseros con ellas y no las valoran.

Ten cuidado. Nunca te acerques a tus papás sólo cuando te hace falta dinero o quieres pedir algún permiso. Los padres se dan cuenta de la hipocresía. Busca a tus papás con ternura. No les exijas. Demuéstrales tu amor. Ellos también, con frecuencia, se sienten solos, tienen miedo, preocupaciones y, a veces, igual que tú, dejan escapar una lágrima de tristeza por las noches.

Jamás seas el tipo de hijo que causa problemas. Al contrario. Sé quien ayuda y resuelve conflictos. Si tu mamá o tu papá se equivocan, diles que perdonas sus errores.

Algún día, tendrás que irte de tu casa. Cuando llegue el momento, hazlo por la puerta de enfrente, con la bendición de tus papás, orgulloso porque durante los años que estuviste a su lado, fuiste un gran hijo, un extraordinario elemento de unión y comprensión.

Mis padres llegaron acompañados de un médico. Guardé la tarjeta en la caja.

—Ven Felipe, pasa.

Entramos a la habitación. Riky estaba ahí, acostado. Una manguera le salía del pecho. Según me explicaron después, era un *catéter* que le habían insertado cerca del corazón para introducirle todas las medicinas por la vena principal.

—Mira quién vino a verte —le dijo el doctor.

Su cara se iluminó con una sonrisa. Quiso levantarse a saludarme, pero el doctor le pidió que permaneciera quieto. Fui hasta él y le toqué la frente con cuidado. Me preguntó:

—¿Ya me perdonaste?

—¿De qué, hermano? No tengo nada que perdonarte.

—Te castigaron por mi culpa.

—No, no digas eso. Yo me lo gané. Fui envidioso contigo. Tú, en cambio, eres muy bueno. Subí a la azotea y me di cuenta de lo que estabas haciendo. Tratabas de ayudarme a pintar la casa. ¡Por eso te caíste!

Mis padres abrieron mucho los ojos.

—¿Por eso te caíste? —preguntó papá asombrado.

En ese instante llegó el médico trayendo unos papeles.

—Quiero hablar a solas con ustedes.

Salieron de la habitación. No soporté la curiosidad y fui tras ellos; el médico esperó que yo me retirara. Creí que papá iba a alejarme, pero, al contrario, me atrajo hacia él y le dijo al doctor:

—Felipe es un muchacho maduro y somos una familia muy unida. Puede hablar con confianza.

Me sentí orgulloso y feliz. El doctor comenzó a explicar.

—Riky, necesita un transplante urgente de médula ósea.

—¿Qué es eso? —pregunté.

—Los huesos, en su interior, tienen una sustancia que "fabrica" la sangre. Se llama médula ósea. Es ahí donde radica el problema de Riky. La médula de sus huesos produce células cancerosas. El tratamiento indicado es destruir toda su médula, mediante quimioterapia, y transplantarle la médula de un donante sano. El problema es que tenemos poco tiempo y debemos encontrar a alguien compatible.

—¿Y eso es difícil? —preguntó papá.

—Mucho. Buscando en las bases de datos de todos los hospitales del mundo y haciendo exámenes a cada persona cercana, podemos tardar meses o años en hallar la médula indicada. Puede estar en cualquier lugar del planeta.

Mi mamá parecía muy asustada.

—¿Qué pasa si no la encontramos rápido?

—Riky tiene un tipo de leucemia muy agresiva. Si no encontramos donador, morirá en pocos meses. Hable con todos sus conocidos para que acudan al laboratorio. Debemos hacer análisis de sangre a familiares y amigos... La mayor cantidad de gente posible.

—¿Pueden comenzar con nosotros? —pregunté.

—Por supuesto —dijo el médico.

Caminamos por el pasillo. De pronto me detuve al ver a un hombre que se acercaba.

¿El padrastro de Lobelo? ¿Qué hacía en el hospital?

Papá lo saludó de mano, le dijo que necesitábamos buscar un donante de médula ósea y le pidió que nos acompañara al laboratorio. Le hice una seña a mi padre. De inmediato comentó:

—El señor Izquierdo me pidió trabajo. Se lo di y ahora va a ayudarnos como chofer durante un tiempo.

—Pe... pe... —tartamudeé—, pero... Lobelo.

—Tranquilízate muchacho —dijo el hombre—. Ya castigué a mi hijastro por la broma que te jugó. Inclusive vendí su motocicleta. Si vuelve a portarse mal contigo, le daré una paliza.

Ese hombre no podía tener problemas económicos. Lobelo siempre cargaba fajos de billetes. ¿Mi padre sabía lo que estaba haciendo?

Llegamos al laboratorio. Dos enfermeras se encontraban ya preparadas con sendas jeringas. Primero les sacaron sangre a mis padres. Luego nos invitaron a sentarnos al señor Izquierdo y a mí. La enfermera puso una liga en mi antebrazo. Respiré hondo antes de recibir el piquete.

Me controlé y observé la jeringa llenarse con mi sangre. Esta vez no sentí nauseas ni mareo. En el líquido rojo que salía de mi brazo, detecté poco movimiento, como si los monstruos se hubiesen debilitado y mis soldados buenos se estuviesen fortaleciendo.

Terminaron el procedimiento. La enfermera sacó la aguja, puso un algodón y me hizo doblar el brazo. Otra señorita extraía sangre al padrastro de Lobelo. Lo que vi me dejó agarrotado por el terror. Mi alucinación se convirtió en mareo y en ganas de vomitar. Fue la escena más infernal que he observado: En la sangre del señor Izquierdo seres monstruosos con cara de demonios y cola de dragón se apretaban unos a otros, destrozándose entre sí. Un espectáculo de tinieblas. El señor Izquierdo era un hombre malo. Profundamente malo. Vi su sangre negra y corrompida, luego lo miré a él: Me observaba con ojos muy fijos.

La angustia me invadió. ¿Y si ese hombre tenía una médula ósea compatible con la de mi hermano? ¿Le pasarían a Riky esa fábrica de sangre llena de demonios?

—No... —murmuré poniéndome de pie para salir de ahí.

Por favor, revisa la guía de estudio en la pagina 164, antes de continuar la lectura del siguiente capítulo.

12
Un campeón se esfuerza por ser feliz

Esa tarde, mamá regresó conmigo a la casa. Dormimos juntos en la cama de la habitación principal. Como un niño pequeño, lleno de amor y gratitud, me dejé abrazar por ella; sin embargo, en la noche la escuché llorar.

A la mañana siguiente desperté tarde; todo estaba reluciente. Mamá había limpiado la casa y preparado un sabroso desayuno.

—Buenos días —la saludé—. ¿Por qué estás tan contenta?

—En realidad —contestó—, anoche me encontraba triste. Vi tu cajita de madera y la abrí. Leí una de las tarjetas que había en el interior. Sentí mucha paz. Volví a dormir y ya no tengo miedo. ¿De dónde sacaste esa caja?

—Una amiga me la prestó.

—Es muy hermosa. Ven. Mira lo que leí:

A veces suceden cosas que no comprendemos, sin embargo, todo forma parte de un curso formativo.

La vida es como una escuela. Cada día se toman clases, se presentan exámenes y se exponen conocimientos. Como siempre, el estudio se aprovecha en la medida en que se disfruta.

Esfuérzate por sonreír, entusiásmate con las pruebas y las tareas. Haz de cada instante un alegre reto.

Recuérdalo siempre: no importa lo que pase, no importa si el ejercicio que debes realizar es arduo, hazlo bien, gózalo y sé feliz... Sonríe a la vida. Tus problemas son pasajeros y tienen un propósito: que aprendas cosas nuevas y madures.

Es ridículo preocuparse por situaciones que no han ocurrido. Ocúpate sólo de este día: ¡Tienes algo que hacer *hoy*! ¡Hazlo con entrega y alegría! Si es diversión, *diviértete*. Si es estudio, *estudia*. Si es trabajo, *trabaja*. Si es servicio a los demás, *sirve*.

Posees las armas y el poder para enfrentar el presente. Que no te atormente el futuro, pues en *este momento*, el futuro no existe; sólo existe *este momento*. Cuando llegue el futuro, ya no será futuro, será un nuevo momento presente y lo enfrentarás sin problemas.

Sé alegre. Procura estar contento.

Nada hay más desagradable que una persona triste.

No te atormentes con ideas dudosas sobre el mañana. Jamás sufras por pensamientos como: ¿y si me va mal?, ¿y si se muere un familiar?, ¿y si caigo enfermo?, ¿y si me quedo inválido?

Recuerda que tu Padre Celestial controla el universo y para quienes lo aman, nada de lo que ocurre es dañino. Haz siempre lo mejor que puedas, y al final, Él siempre te bendecirá.

Mamá terminó de leer la nota.

—Voy a ir al hospital —me dijo después—, ¿quieres acompañarme?

—No. Prefiero quedarme aquí. Me portaré bien.

—De acuerdo, Felipe. Confío en ti.

Cuando se fue, limpié las brochas y me dediqué a pintar la casa. Mientras lo hacía, me prometí que, cuando Riky estuviera de vuelta, me convertiría en su mejor amigo.

También pensé mucho en Ivi.

El recuerdo de su bondad y de su belleza me llenaba el corazón. A mis doce años, jamás había tenido novia, pero solía enamorarme de chicas mayores que yo.

—¡No! —me dije—, no estoy enamorado. Sólo es una buena amiga.

Casi terminé de pintar la fachada. Después de varias horas, limpié todo y salí de la casa rumbo a la escuela. Necesitaba hablar con Ivi: Saber quién le había dado esa caja, y platicarle sobre la horrible visión que tuve cuando miré la sangre del señor Izquierdo.

Tomé la cajita de madera, la metí en una bolsa de plástico y la llevé conmigo. Después de caminar media hora, llegué a la escuela. Toqué el timbre y salió el conserje.

—¿Qué se te ofrece? —me preguntó.

—Vengo a hablar con su sobrina, ¿la puede llamar?

El hombre me miró con desconfianza. Pareció no entender.

—¿A quién quieres ver?

—A su sobrina —repetí—. La conocí hace poco. Me prestó algo —levanté la bolsa—, y vengo a devolvérselo.

—¿Estás seguro?

Me hizo dudar.

—¿Usted tiene una sobrina muy bella, como de dieciséis años, ¿verdad?

—Sí —contestó.

—¡Pues yo hablé con ella la otra noche! Somos amigos.

—Qué extraño... Mi sobrina casi nunca sale de su cuarto.

—Me llamo Felipe Cepeda. Dígaselo, por favor.

—Déjame preguntarle si quiere verte.

Me pasé una mano por el cabello para acomodármelo.

Al poco rato, apareció el conserje acompañado de su sobrina. Un escalofrío me estremeció al mirarla. Era una chica jorobadita, de aspecto enfermizo y descuidado.

—¿E... ella... es?

—Sí.

—Señor... ¡Yo busco a otra muchacha!

—Pues Rafaelita es la única joven que vive aquí...

—¡No puede ser! El viernes me quedé en la escuela toda la noche. En la madrugada conocí a una joven...

Iba a decir: "muy limpia, con mejillas rosadas, pelo brillante y mirada dulce", pero me detuve.

—El viernes en la noche —dijo el hombre con seriedad—, no había nadie aquí. Mi familia y yo dormimos en otro lado.

—¡Señor! ¡Yo lo vi a usted en la mañana barriendo la calle! ¿Se acuerda? Cuando salí, le dije que le diera las gracias a su sobrina de mi parte.

Dio un paso al frente como para reconocerme.

—¡Conque fuiste tú quien me dio ese tremendo susto! Claro, lo recuerdo. Saliste corriendo. Fui a investigar y encontré la oficina abierta. ¿Cómo la abriste? Yo mismo la cerré con llave antes de irme.

Las manos comenzaron a temblarme...

—E... e... estoy di... diciendo la... la verdad —tartamudeé—. Dormí adentro de la escuela el viernes. Ivi me abrió la oficina —me detuve—. ¿Ustedes conocen a una chica llamada Ivi?

Negaron con la cabeza.

—Jamás hemos oído hablar de ninguna persona llamada así.

—¡Pero yo la vi! ¡Estuve con ella! Me abrazó. Me consoló. Me dio un vaso de leche, una almohada y una cobija.

—Muchacho, ¿te sientes bien? En la oficina no había vasos ni cobijas.

Cerré los ojos, aturdido.

—Entonces, señor ¿quién me ayudó a salir del sótano? ¿Quién me salvó la vida y... me dio... esta... caja?

—Tal vez lo soñaste todo —contestó el hombre sonriendo—, o viste un ángel.

Agaché la cabeza.

Aquella noche vi a Ivi vestida con ropa deportiva blanca y zapatos tenis también blancos, percibí su rostro fresco como si acabara de bañarse y su suave olor a perfume... de... ¿flores?

—¡Dios mío!

Le di las gracias al conserje y me retiré.

Estaba profundamente conmovido. Recordé lo que me dijo: "Alguien a quien yo quiero mucho me regaló una cajita con tarjetas valiosas. Te la presto. Luego me la devuelves."

—No pude haberlo soñado —razoné—, porque *tengo la caja* de madera, ¡aquí! Pero si ella no vive en la escuela ¿dónde voy a encontrarla para devolvérsela?

Caminé por la calle. Ahora comprendía por qué cada vez que sacaba una tarjeta de su interior hallaba un mensaje adecuado para el momento que estaba viviendo. A mi madre le pasó lo mismo. ¿Podían existir ese tipo de milagros? ¿Qué Dios se comunicara con los hombres a través de... ángeles y de... notas? Quise probar. Con movimientos desordenados saqué una tarjeta de la caja. Decía:

Un campeón enfrenta los retos, aunque sienta temor, se mantiene tranquilo durante los momentos difíciles, ve lo positivo, confía en él mismo, está siempre contento, ayuda a otras personas, es servicial y procura convertirse en un elemento de amor.

La guardé.

Corrí de regreso a casa. Necesitaba analizar con tranquilidad esa cajita de madera; abrirla y leer despacio cada uno de los mensajes que había en su interior.

Estaba empezando a oscurecer cuando doblé la última esquina para llegar a mi casa.

Me detuve asustado. Frente a nuestra puerta había dos coches viejos. ¿Teníamos visitas?

¡No!

Un señor se había subido a la barda y miraba para adentro de mi casa, mientras otro lo sostenía por las piernas. Dos más vigilaban alrededor. Eran ladrones.

Por favor, revisa la guía de estudio en la pagina 165, antes de continuar la lectura del siguiente capítulo.

Carlos Cuauhtémoc Sánchez

13

Un campeón se define pronto

—¡Hey! —grité—, ¿qué hacen allí?

Los hombres escucharon mi advertencia. Miraron hacia todos lados. Volví a gritar:

—¿Qué quieren en mi casa? ¡Bájense de esa barda!

Un sujeto salió del coche que estaba estacionado adelante y caminó hacia donde yo me encontraba. Traía en la mano un enorme palo, como bat de béisbol.

Dudé. Si me quedaba quieto, llegaría hasta mí y me golpearía. Quise amenazarlo:

—¡Voy a llamar a la policía!

El tipo levantó el bat como para mostrarme, desde lejos, que estaba dispuesto a volarme la cabeza de un batazo.

No pude verle bien las facciones; tampoco lo intenté. Salí corriendo como liebre. Sin descansar ni un segundo y sin mirar atrás, fui hacia la caseta de vigilancia de la colonia. Encontré a un oficial.

—Cuatro hombres quieren meterse a mi casa —le dije—. Mis papás no están. Acompáñeme, no quiero ir solo.

El policía llamó a su comandante por radio y, a los pocos minutos, llegó una patrulla. Me invitaron a subir. Encendieron la sirena y fuimos a mi casa.

Los autos sospechosos se habían ido. Todo parecía tranquilo.

—Quédate aquí —me dijeron—. Vamos a entrar nosotros para inspeccionar.

Les di las llaves de la puerta. Bajaron.

Sentí calor en mis manos. Me di cuenta que estaba apretando con mucha fuerza la caja de madera dentro de la bolsa. Me fascinaba la idea de que, aunque IVI no existiera, yo tenía esa extraña caja que *sí* existía.

Arriba de mi cabeza había una pequeña lámpara interior de la patrulla. La encendí.

Los policías se estaban tardando mucho.

Saqué la primera tarjeta y leí:

Ha llegado la hora de definirte.

Todos los campeones se definen cuando son niños.

¿Qué es definirse?

Es imaginarse el tipo de persona que serás dentro de diez o quince años. Hazlo ahora:

En tu mente visualiza una película del futuro. Estás ahí; eres el protagonista. Deja que la imaginación te defina con exactitud: ¿Cómo estás vestido?, ¿cómo es tu casa, tu coche, tu pareja, tu familia?, ¿eres profesionista?, ¿de qué carrera?, ¿tienes dinero?, ¿cuánto?, ¿eres famoso?, ¿por qué motivo?, ¿eres artista?, ¿cantante?, ¿poeta?, ¿pintor?, ¿político?, ¿orador?, ¿deportista?, ¿de qué tipo?

Imagina esa película y ¡defínete ahora lo mejor que puedas! Debes trazar un plan de vida cuanto antes.

Los campeones hacen eso desde su niñez: Si eligen ser escritores, comienzan a redactar un diario, cuentos, versos, ¡lo que sea!, pero escriben algo *todos los días*. Si deciden ser pianistas, practican, componen sus primeras piezas, se hacen amigos del piano, estudian con ahínco y *cada semana* tocan nuevas melodías. Si deciden ser karatekas, van al gimnasio y practican catas *hora tras hora*.

Así funciona la vida.

Mientras más pronto te definas y comiences a perseguir tus anhelos, más pronto los alcanzarás.

Los policías salieron.

Guardé la tarjeta.

—Todo está en orden —me dijeron—. Puedes entrar con confianza. No le abras la puerta a nadie. Te dejamos estos datos. Por favor, dile a tus padres, cuando lleguen, que llamen por teléfono a la comandancia.

—Sí, oficial —contesté—. Muchas gracias.

Me bajé de la patrulla y entré a mi casa. Cerré bien.

Encendí todas las luces. Luego me senté en una silla del comedor, puse la caja de madera frente a mí y volví a abrirla. Saqué otra tarjeta:

En el mundo hay mucha gente dominada por la mediocridad.

Los mediocres son personas que nunca sobresalen en nada, no intentan nada y no saben lo que quieren... Dejaron pasar su niñez y su juventud sin definirse.

¡Tú tienes sangre de campeón! Libérate de la mediocridad.

¡Defínete ahora!

No puedes pasar por la vida sin dejar huella.

Sueña grandes logros e imagina cómo los alcanzarás, pero ¡comienza hoy mismo!, no dejes pasar más tiempo.

¡Vamos!: ¿Elegiste ser un cantante famoso? Inscríbete en clases de canto y participa en todos los eventos musicales. ¿Quieres ser un nadador olímpico? Entrena diario y concursa en cada competencia de natación.

Tal vez haya personas que se rían de ti o te hagan burla: ¡Ignóralas! Tú eres un campeón. Abre las puertas del éxito.

Los campeones aguantan la burla de los mediocres y continúan luchando por sus metas. Por eso, algún día las alcanzan.

Dejé de leer. Fui a mi cuarto por pluma y papel.

Regresé y escribí:

Dentro de quince años quiero ser: Fabricante de computadoras. Dueño de varios hoteles y restaurantes.

Quiero vivir: En una casa muy grande con alberca, junto a la playa; con mucho dinero y un coche deportivo negro.

Quiero estar casado: Con una mujer igual a...

Me quedé pensando... Iba a escribir "igual a Iᴠɪ", pero ella quizá no existía...

Observé lo que había anotado. Pensé: "¿Se podrá todo..? ¡Claro! ¿Por qué no?" Para ser experto en computadoras, sólo necesitaba trabajar más con ellas: aprender a usar el

Internet, imprimir fotografías y dibujos. Al mismo tiempo, podía estudiar muchas matemáticas y ahorrar dinero para hacer negocios. A la larga, si lograba tener un hotel cerca del mar, podría construir una casa en la playa... Lo... de... una... esposa como...

Sacudí la cabeza para alejar esa tonta idea.

Salí al jardín llevando la caja de madera.

Detrás de las plantas, tenía un escondite donde guardaba mis juguetes favoritos; los saqué todos. Limpié el rincón y metí la caja de IVI.

Después de arreglar el lugar, me alejé; sentí algo extraño

a mi espalda. Giré con rapidez. Detrás de las plantas había un brillo azul. Pregunté:

—¿Quién está ahí?

Nadie contestó.

—IVI ¿eres tú?

Entonces el brillo se hizo más intenso.

Por favor, revisa la guía de estudio en la pagina 165, antes de continuar la lectura del siguiente capítulo.

14

Un campeón observa y analiza

Me acerqué a pasos lentos.

Aparté despacio las plantas y miré al interior del escondite. La caja brillaba. Como pequeño sol, emitía una luz suave de color amarillo que se convertía en azul.

Mi corazón latía a toda velocidad. Contemplé la caja un largo rato. El brillo se fue apagando poco a poco. Escuché ruidos. Luego la voz de mi padre:

—¿Felipe? ¿Estabas jugando con pólvora?

—No, papá, ¿Por qué?

—Me pareció ver una luz.

El resplandor había desaparecido. Pregunté:

—¿Cómo está mi hermano?

Agachó la cabeza preocupado.

—Mal —contestó—. Sufre fuertes dolores. Parece que ninguno de nosotros tiene una médula ósea compatible con la suya. Seguimos buscando...

Durante un largo rato, la tristeza nos invadió. Caminamos. Después, papá comentó:

—Mañana es tu primer día de clases. Voy a irme muy temprano al hospital. Vendrá a recogerte el señor Izquierdo para llevarte a la escuela.

—El señor Iz... —no terminé la frase; protesté—. ¡Es malo! Me da miedo...

—¡Hijo, no juzgues a la gente sin antes conocerla!

Permanecí callado.

Fuimos a la cocina. Papá preparó algo de cenar. Mientras lo hacía, pregunté:

—¿Por qué contrataste a ese hombre?

—El viernes en la tarde —me explicó—, cuando regresé a revisar los papeles de vacunación del perro, el señor Izquierdo se portó muy amable; me confesó que no tenía trabajo. Me dijo que la madre de Lobelo se fue con todo el dinero y lo dejó a cargo del rebelde muchacho y en la ruina.

—¿Eso te dio lástima?

—No le ofrecí empleo por lástima. Mientras Riky esté en el hospital, tu madre necesitará alguien que haga las compras. También pensé que Lobelo dejará de molestarte si su padrastro trabaja para nosotros.

—Papá, ¡te estás contradiciendo! Tú me dijiste: "Hay fiestas a las que no debes ir, compañeros que no deben ser tus amigos; no trates de caerle bien a los malvados; aléjate de ellos." ¿Ya no te acuerdas? ¡Tú me lo dijiste!

Se quedó quieto y me miró fijamente.

—Felipe ¿por qué tienes tanta desconfianza del señor Izquierdo?

Guardé silencio. Yo conocía a pocos "campeones". Pero, sin duda, mi padre era uno. Si no le tenía confianza a él, ¿entonces a quién?

—Papá —le expliqué—. Desde hace algún tiempo presiento cosas... Cuando observo sangre, tengo visiones raras, como si pudiera conocer el alma de las personas. He tenido como pesadillas, pero despierto. He visto monstruos peleando con soldados. Los vi en la sangre de Riky y los vi en mi propia sangre. El otro día, junto al señor Izquierdo, también me ocurrió lo mismo, pero con él fue peor. Sentí algo muy feo. De verdad.

Mi padre se rascó la barba pensativo.

—No estoy mintiendo.

—Te creo —contestó de inmediato.

—¿De veras?

—Sí. De niño también me pasaban cosas extrañas... No veía nada en la sangre, pero podía descubrir las intenciones de una persona. Como si pudiera sentir vibraciones...

—¿Vibraciones? ¿Qué es eso?

—Son señales invisibles que salen de la gente. Alguien triste, emite ondas de tristeza, alguien feliz, irradia alegría. El malvado emana vibraciones de maldad. Los niños pueden percibir eso mejor que los adultos. Voy a contarte una anécdota: Cuando tenía diez años, mi padre me llevó a una tienda de ropa. El empleado entró conmigo al vestidor y aunque yo sentí sus ondas perversas, no dije nada. Al probarme la ropa nueva, el hombre aprovechó para meter su mano a mi calzón y tocarme las partes íntimas. Tuve asco y miedo, pero no valor para gritar o pedir ayuda. Al salir, quise acusar al empleado. En cuanto comencé a explicar, mi padre me interrumpió: "Eres un niño con demasiada imaginación, ¿cuándo dejarás de inventar cosas?" Sentí mucha ira y tristeza. Por eso hoy, Felipe, deseo creer todo lo que tú me dices.

El ejemplo de mi padre me impresionó. Quise saber más.

—Ese señor de la tienda, ¿por qué te hizo eso?

—Mira —me explicó—. Existen muchas personas mayores que esconden problemas mentales muy graves: Buscan la forma de estar a solas con los niños para hacerles daño. A veces, el niño no sospecha nada porque el adulto malo puede ser un familiar o amigo: tío, primo, vecino o incluso maestro. Los niños deben observar muy bien a cada persona, ver a los ojos y, sin ser miedosos ni exagerados, aprender a identificar las malas intenciones. No deben permitir que alguien los acaricie en sus piernas, pechos, o partes íntimas. Deben desconfiar de quien les pida que vayan con él a otro lugar o los mire con expresión extraña.

—O sea, que un campeón tiene "presentimientos".

—Sí pero, sobre todo, escucha y analiza mucho. No se deja engañar ni cree en nadie a la primera; sabe que casi todas las personas dicen mentirillas y tratan de convencer a los demás de lo que les conviene. Esto puede sonarte drástico, pero es cierto: Los seres humanos incurrimos en falsedades con frecuencia. Por eso, un campeón está alerta, examina y descubre las intenciones secretas de la gente.

—Ya comprendí, pero no creo que hacer eso me sea fácil.

—¿Por qué no? Todo, en la vida, se logra con práctica. Trata de hablar menos y escucha más. Procura moverte despacio y percibe todo lo que ocurre a tu alrededor. Usa tus sentidos. Conviértete en un verdadero observador.

Me puso una mano sobre la espalda. Luego comentó:

—Le dije al señor Izquierdo que te llevara a la escuela en su coche. Tal vez venga mañana. ¿Qué hacemos?

—Dejaré que me lleve —contesté—. Voy a observarlo,

como tú dijiste. Lo miraré a los ojos y trataré de sentir sus vibraciones. En la tarde te digo lo que pasó.

—Felipe —dijo papá—, no es buena idea que te arriesgues. Si notaste algo malo en ese señor y en su hijastro, aléjate de ellos.

—De acuerdo. Lo haré. A propósito. Hoy salí un rato. Cuando regresé, había cuatro ladrones tratando de entrar a la casa. Uno de ellos me persiguió con un bat de béisbol. Fui a la caseta de policía. El comandante me dio esta tarjeta para que lo llames. Quiere hacerte unas preguntas.

Mi padre se puso pálido y abrió mucho los ojos.

Fue a hablar por teléfono. Se tardó demasiado y me quedé dormido.

Cuando sonó el despertador, papá ya se había ido.

Me vestí, cargué mi mochila y salí a la calle.

El señor Izquierdo me estaba esperando en su automóvil.

—Buenos días, Felipe. Sube al coche.

Dudé un segundo. Deseaba practicar la observación y el análisis de las personas.

La puerta trasera estaba abierta. Subí. El auto arrancó.

De inmediato escuché una voz conocida:

—Hola cobarde, "Malapata". ¿Cómo te va? Creí que ibas a estar todavía en el sótano de la escuela.

Levanté la vista asustado. Era Lobelo. Se burlaba de mí desde el asiento delantero.

Por favor, revisa la guía de estudio en la pagina 166, antes de continuar la lectura del siguiente capítulo.

15
Un campeón tiene integridad

El padrastro de Lobelo escuchó la grosería y no dijo nada.

Volví a encogerme, atemorizado. De inmediato sentí las vibraciones: El ambiente dentro del coche se notaba pesado, como si las dos personas que iban en los asientos de adelante me odiaran.

De repente, Lobelo abrió la guantera y sacó una pistola real. Comenzó a jugar con ella; se volvió hacia mí, y me apuntó a la cabeza. Me quedé frío al sentir el cañón en mi frente.

Lobelo soltó una risotada.

—No está cargada —dijo abriendo la otra mano y enseñándome las balas sin dejar de reír—. ¡Cálmate, "Malapata"! No te vayas a orinar en el carro.

El señor Izquierdo también rió.

Papá me había dicho: "No te arriesgues. Si notaste algo malo en ese señor y en su hijastro, aléjate de ellos."

Siempre que desobedecía a mis padres, me iba mal. Eso era definitivo.

Miré alrededor. Sentí un temblor de miedo. El carro en el que íbamos era negro y viejo ¡igual al de los ladrones que intentaron brincarse la barda de mi casa la noche anterior!

Comencé a respirar con rapidez.

Al agachar la vista, vi que mis pies estaban pisando algo duro y largo...

Lo observé bien... ¡Era un bat de béisbol!

"Tranquilo", me dije, "pronto saldrás de aquí".

Al fin llegamos a la escuela.

Abrí la puerta del carro y escapé sin despedirme.

Pasé la mañana nervioso. Aunque Lobelo no estaba en mi salón, de todas formas me costó trabajo concentrarme en las clases. Como era el primer día, no llevaba libros, pero sí la caja de Ivi que ocupaba casi todo el espacio de mi mochila.

A medio día, el profesor titular hizo un sorteo para elegir al que sería el próximo jefe de grupo. Para mi sorpresa, fui seleccionado. A partir de ese momento, tendría la responsabilidad de guardar conmigo la lista de asistencia, ayudar al profesor a recoger exámenes y a calificar trabajos. También reportaría a los indisciplinados y distribuiría los premios que se dieran al grupo.

El nombramiento me llenó de orgullo, pero pasó algo curioso a mi alrededor: se me acercaron varios compañeros que antes ni siquiera me hablaban; aunque no eran mis amigos, se portaban como si lo fueran. Recordé: " Casi todas las personas dicen mentirillas y tratan de convencer a los demás de lo que les conviene." Algunos muchachos se atrevieron incluso a decirme en secreto frases muy extrañas: "Ahora no tendrás que estudiar demasiado, porque podrás arreglar las calificaciones cuando el maestro te preste sus listas." Otro me dijo: "Déjame ayudarte en tu trabajo de jefe. Juntos podemos repartir los premios y quedarnos con los mejores." Y otro más me advirtió: "No te olvides que soy tu cuate. Cuando tenga faltas o reportes, espero que me protejas."

Aturdido por tanta presión, me aparté de mis compañeros y saqué la caja de IVI. Tomé una de sus tarjetas y la leí.

Hay dos formas de obtener premios: La primera, con engaños y mentiras. La segunda, con trabajo y rectitud. Por desgracia, en la primera se alcanzan más: El mundo está lleno de personas que presumen recompensas no merecidas, títulos robados, dinero ilegal. Todos quieren parecer campeones, pero muy pocos están dispuestos a serlo de verdad.

El camino de la rectitud es lento. No te desesperes. Si eres honesto, ganarás pocas veces, porque competirás contra demasiados tramposos, pero no te obsesiones con tener todos los premios. Esmérate siempre y colecciona alegrías por hacer lo correcto.

Tú eres un niño distinto. Jamás entres al juego del engaño. Los tramposos tratarán de convencerte para que te vuelvas tramposo también, pero tu naturaleza es hacer el bien.

Un campeón no vale por sus diplomas, vale por su honradez. Recuerda que la verdadera medalla de honor no es de metal; no se puede tocar, porque se lleva en el corazón. Tú tienes una. Jamás la cambies por dinero o galardones.

Si estudiaste poco, reconócelo, pero no copies en el examen. Si te faltó trabajar en casa, admítelo, pero no le pidas a un compañero que mienta y diga que trabajaste con él. Si tu entrenamiento fue deficiente, acepta cuando pierdas en la competencia: no te enfades, no trates de hacer trampa.

Cuando actúas con honradez, siempre conservas tu medalla

de honor. La gente no la ve, pero tú la puedes sentir. Ahí está. Dentro de ti. Te sientes orgulloso de ella porque te permite mirar de frente, como un verdadero campeón.

Guardé la tarjeta. Estaba sorprendido. Si la aparición de IVI y la existencia de esa caja no eran un milagro, sí lo era el hecho de que, cada vez que sacaba una tarjeta, recibía la respuesta indicada. En mi mente se repetía constantemente una frase: "la verdadera medalla de honor no es de metal; no se puede tocar, porque se lleva en el corazón."

Fui decidido a ver al profesor titular a su oficina.
—Maestro, Miguel, ¿puedo hablar con usted?
—Adelante, Felipe.

Carlos Cuauhtémoc Sánchez

—Vengo a renunciar al cargo de jefe en mi grupo.

—¿Por qué?

—Mis compañeros cambiaron conmigo en cuanto supieron que yo iba a tener las listas de reportes, asistencias y calificaciones. Me están presionando para que haga trampas. No quiero problemas.

El profesor me observó en silencio y luego dijo señalándome una silla frente a él:

—Siéntate, por favor.

Obedecí.

—Tú sabes que quienes hacen trampa, casi siempre son descubiertos y castigados de forma muy dura.

—Sí —contesté—. Pero si les digo eso a mis amigos, me llamarán cobarde y cosas peores.

El profesor Miguel movió la cabeza y levantó la voz:

—Vamos a hablar claro, Felipe. Los dirigentes tienen muchas obligaciones. La más importante es enseñar honradez. Eso significa que cuando un líder hace trampa, le falla a toda su gente porque viola el principio fundamental del liderazgo: ser un ejemplo a seguir. Me agrada saber que rechazas la corrupción. Necesitamos dirigentes íntegros: en la política, en los negocios y en la sociedad. Ser jefe es un gran reto, porque al estar arriba, muchas personas hipócritas te van a adular. El césar, en la antigua Roma, tenía un empleado que iba detrás de él diciéndole todo el tiempo: "No eres un dios, no eres un dios, recuerda que no eres un dios." Esto ocurría porque tener poder sobre los demás provoca perdición. El jefe llega a creerse superior y se corrompe. No apliques el poder para mandar sino la autoridad para servir. Sé valiente, Felipe y no renuncies al cargo.

97

Asentí. Se había despertado en mi interior una hambre de superación que nunca antes había sentido. Deseaba, de verdad, convertirme en un campeón.

Me despedí del profesor aceptando continuar con el cargo.

Poco tiempo después, las clases terminaron.

Salí a la calle. Me detuve sin saber hacia donde huir. El automóvil viejo del señor Izquierdo estaba parado frente a la puerta, esperándome. Me perdí entre todos los niños que invadían la banqueta. Caminando con rapidez. Miraba hacia atrás de vez en cuando. De pronto, detecté que el automóvil avanzaba por la calle.

A pocos metros había un árbol frondoso. Corrí hacia él, y trepé por las ramas.

El coche negro se acercó hasta mí.

Sentí pánico.

Había dejado mi mochila, con la caja de Ivi en el suelo.

Por favor, revisa la guía de estudio en la pagina 167, antes de continuar la lectura del siguiente capítulo.

16

Un campeón está unido a su familia

El auto del señor Izquierdo pasó muy despacio junto a mí.

Por fortuna, sus ocupantes no me descubrieron, ni vieron la caja de IVI. Se alejaron y dieron vuelta en la esquina.

Permanecí varios minutos escondido, luego bajé del árbol y recuperé la caja. La avenida estaba solitaria. Caminé. Llegué a la esquina pero, al dar la vuelta por la calle angosta, encontré algo terrible: Una anciana gritaba y lloraba, abrazando a su esposo que se hallaba en el suelo.

—¡Ayúdenme! —decía—. ¡Nos asaltaron! Eran dos tipos en un coche negro. A mi marido le ha dado un ataque al corazón. ¡Alguien que llame a la ambulancia!

El viejito estaba tirado de espaldas.

Corrí de regreso a la avenida principal e hice señales a los coches que pasaban para que se detuvieran. Al fin, una mujer se orilló.

—Venga, por favor —le dije—. Hay una emergencia en esa calle.

La mujer llamó por su teléfono celular y al poco tiempo llegó una patrulla. ¡La misma que me había llevado a mi casa la tarde anterior, conducida por el comandante que me dejó su tarjeta! La ambulancia arribó poco después. Vi cómo los paramédicos atendían al hombre infartado y escuché la versión de la anciana que dijo llorando:

—Íbamos caminando por la acera, cuando un automóvil se detuvo a nuestro lado. Quisimos acelerar el paso, pero mi esposo y yo estamos viejos; no podemos correr. Un hombre se bajó del coche y vino hacia nosotros. Nos apuntó con una pistola. Le dimos el bolso y la cartera. El tipo, entonces, acercó el arma a la cabeza de mi marido y disparó. La pistola no tenía balas, pero oímos el ruido del gatillo. Fue un susto terrible. A mi esposo comenzó a dolerle el pecho de inmediato. El ladrón se subió a su carro con nuestras cosas. ¡Iba riéndose!

—¿Había más personas en el auto?

—Sí. Una —y agregó después—: creo...

El policía volteó alrededor y se dirigió a los que estábamos cerca.

—¿Quién de ustedes sabe algo que pueda ayudarnos?

Las manos me sudaban por el nerviosismo.

—¡Yo! —dije con voz fuerte.

Todos voltearon a verme. El policía me reconoció.

—¡Felipe! ¿Sabes qué ocurrió?

—Sí. Venía caminando detrás. Vi el coche que dio la vuelta en esa esquina. Sé quiénes asaltaron a los señores y cómo localizarlos.

—¿Estás seguro?

—¡Absolutamente!

Esa tarde, di todos los datos a la policía.

—Debes quedarte en tu casa —me advirtieron—. Vamos a detener a las personas que señalaste como responsables del robo y luego vendremos por ti para que nos acompañes a identificarlas. La anciana y tú tienen que declarar.

Me encerré en mi cuarto lleno de temor.

Pensé en salir al patio para guardar la caja de Ivi en mi escondite. Antes de hacerlo, saqué una tarjeta y leí.

Un campeón no se separa de sus padres o hermanos al atravesar por momentos difíciles. Al contrario, confía en ellos y busca la unión.

Si tomas un lápiz de madera y lo flexionas, podrás romperlo con facilidad. Si tomas dos lápices juntos y los doblas, te costará más trabajo quebrarlos, pero si tomas varios y tuerces el manojo, nunca podrás partirlo.

Es una ley natural: cuando las familias se desunen, cualquier ataque exterior hace destrozos, pero si están enlazadas, nada puede dañarlas.

Tú debes provocar la unión que dará fortaleza a todos. ¿Cómo? Tenle confianza a tus padres y hermanos. Compárteles tus preocupaciones y convive mucho con ellos. No permitas que cada uno ande por su lado o que un miembro de tu casa atraviese solo los momentos de tormenta.

Las familias existen para que los integrantes se apoyen en amor; pero los necios, destruyen sus hogares y prefieren ir por la vida en soledad, corrompiéndose, llorando y lamentándose. No cometas ese error.

Grábalo en tu memoria: Un campeón *siempre* está unido a su familia.

101

Quise experimentar lo que había leído. Tomé un lápiz con las dos manos y lo rompí. Luego tomé muchos y traté de partirlos. No pude. Era verdad.

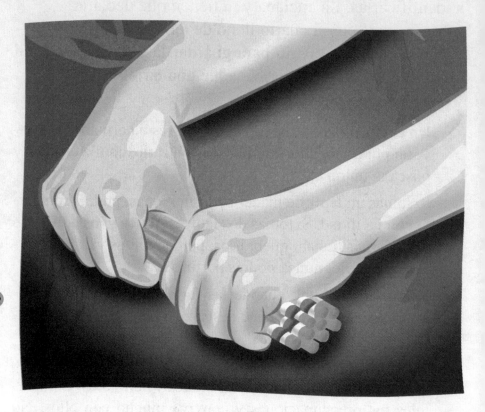

Salí al jardín y guardé la caja de IVI en el rincón detrás de las plantas.

Al poco rato llegaron mis padres. Les platiqué todo lo que ocurrió en el día. Se mostraron preocupados, pero agradecieron mi confianza y me abrazaron.

—Tranquilízate —dijo papá—. Estamos contigo. No te pasará nada.

Cuando los guardias tocaron a la puerta para llevarme a declarar, papá y mamá se opusieron:

—Nuestro hijo es menor de edad.

El policía respondió:

—Debe ir a las oficinas, pero pueden acompañarlo.

Mis padres y yo acudimos a la comisaría.

Nos llevaron a un amplio salón. Lobelo y el señor Izquierdo estaban detenidos al fondo de la sala. Nos vieron. No había un cristal opaco para identificar a los delincuentes.

El oficial los señaló y me preguntó:

—¿Ellos asaltaron a los ancianos?

Agaché la cara y quise ser discreto.

—Sí —contesté—. No los vi al momento del asalto, pero minutos antes dieron la vuelta justo donde encontramos a los viejitos.

—¿Y por qué supones que son los ladrones?

—Porque en la mañana me llevaron a la escuela y, el más joven, jugando, me apuntó a la cabeza con una pistola de verdad. Además lo conozco desde hace tiempo. Presume los billetes que siempre carga y dice que su padrastro le ha enseñado a ganar dinero fácil.

A los pocos minutos, llegó la anciana, esposa del hombre que había sufrido un ataque cardiaco. Venía acompañada de dos policías. El comandante le preguntó señalando con el mismo descaro:

—¿Esos son los asaltantes?

—Desde aquí no los veo bien —contestó la mujer.

—Vamos a acercarnos.

Caminaron hacia los detenidos. Mis padres y yo los seguimos. La anciana llegó frente a ellos y casi de inmediato afirmó:

—No señores. Estos no son los hombres que nos asaltaron.

—¿Está segura?

—Por supuesto. ¡Estos no son!

Quise que me tragara la tierra.

El señor Izquierdo comenzó a gritarnos:

—¡Ingratos! ¡Malagradecidos!

—Disculpe —respondió mi padre—. Hubo un malentendido. Mi hijo creyó...

—¡Su hijo es un marica! —aulló Lobelo—. Le encanta acusar. Y lo peor es que dice muchas mentiras.

—¡Yo no digo mentiras! —me defendí.

Papá tomó el control.

—Señor Izquierdo —dijo—, dadas las circunstancias, ya no conviene que trabaje con nosotros.

—Así será —contestó amenazante—, pero ustedes se van a arrepentir de habernos hecho pasar este mal rato.

Nos quedamos de pie como congelados por el temor.

Los policías nos hicieron salir de ahí.

De regreso a casa nadie dijo una sola palabra.

Por favor, revisa la guía de estudio en la pagina 168, antes de continuar la lectura del siguiente capítulo.

Carlos Cuauhtémoc Sánchez

17

Un campeón suele ser deportista

Al día siguiente, en la escuela, hubo un evento importante: Reunieron en el patio principal a todos los alumnos de quinto año en adelante. Nos visitaba un famoso deportista que había ganado varias medallas olímpicas.

El director de la escuela trataba de presentarlo, pero nadie parecía muy atento a sus palabras. Los compañeros jugaban y hablaban.

—¡Ya basta! —dijo el director levantando la voz en el micrófono—. Este atleta se ha ofrecido a trabajar con nosotros, por las tardes, dirigiendo un programa deportivo profesional. ¡Pongan atención! ¡Aprovechen esta oportunidad!

Mis compañeros guardaron silencio al escuchar el tono enojado de nuestro director. El invitado tomó el micrófono y dijo:

—Les voy a contar algo: Hace poco hubo una carrera de ciclismo para niños. Las tribunas estaban llenas. Me avisaron que uno de mis pequeños se había escondido. Fui a buscarlo. En efecto, estaba en el baño. "¿Qué te pasa?", le pregunté y él me contestó: "Entrenador. ¡Tengo mucho miedo! No me gusta el ciclismo. Los nervios me paralizan durante las competencias.

» Lo abracé por la espalda y me puse en cuclillas para verlo a la cara. Entonces le expliqué: "El reto que tienes ahora, no es competir en ciclismo, sino forjar tu carácter, ¿entiendes?, hay personas cuya voluntad es tan débil, que ante cualquier presión, se esconden, lloran, fuman, o toman pastillas tranquilizantes; pero, en cambio, hay otras que levantan la cara, abren la puerta y enfrentan los desafíos; esos son los triunfadores. Sal de este escondite y haz tu mejor esfuerzo; aunque no ganes la carrera, fortalecerás tu carácter; es lo único que me interesa."

» El niño comprendió y, temblando de miedo, salió a la pista. Se subió a su bicicleta y en cuanto dieron la señal, pedaleó con todas sus fuerzas. Para nuestra sorpresa, ganó el hit. Lo levantamos en hombros, le aplaudimos y lo felicitamos. Estaba sonrojado por el esfuerzo, pero tenía una sonrisa enorme. Ese muchacho será un gran hombre, pues ha comprendido que lo importante de un concurso, de un examen, de una tarea, de una presentación pública, no es ganar la medalla o el reconocimiento ajeno, sino aprender, madurar, fortalecer el carácter.

» Ustedes ¿no se sienten inseguros a veces? ¿No les pasa, con frecuencia, que el temor los domina?, ¿que se quedan callados cuando quieren hablar y les falta valor para sobresalir? Si es así, jóvenes, es porque no son deportistas. ¡Entiéndanlo! Muchos de los grandes líderes, de las personas más ricas del mundo, de las más emprendedoras e importantes en la sociedad, llegaron alto porque practicaron algún deporte de competencia en su juventud. Y no me refiero a jugar un partidito de fútbol de vez en cuando, andar en bicicleta con los amigos o nadar cuando están de vacaciones; me refiero a un *deporte formal* que exige disciplina de alimentación, de sueño y de entrenamiento diario, un deporte en el que se compite todos los fines de semana, en el que se coleccionan trofeos y derrotas, en el que se apuesta la vida por ser mejor cada día. El deporte nos enseña a ser perseverantes y a actuar con eficiencia bajo presión. ¡No se inscriban en las actividades que tendremos para ganar medallas, sino para ser mejores personas!

Sangre de Campeón

Se había hecho un silencio absoluto.

Todos escuchábamos al invitado con atención.

—Ahora —preguntó el director—, ¿quién de ustedes desea inscribirse al nuevo programa deportivo?

Casi todos mis compañeros levantaron la mano. Yo también lo hice.

Repartieron unas fichas en las que debíamos anotar nuestro nombre y el deporte que elegíamos.

Llené mis datos con rapidez y busqué la urna para depositar mi solicitud. Iba caminando, cuando alguien me dio un golpe en la nuca con la mano abierta.

—"Malapata", ¿quieres fortalecer tu carácter? ¡Buena falta te hace!

—¿Por qué me pegas? —respondí enfrentándome al grandulón—. ¡Ya déjame en paz!

Lobelo me empujó y el granoso que siempre venía con él puso una pierna detrás de mí. Caí de sentón. Solté mi solicitud deportiva. Me puse de pie y arremetí hacia Lobelo, lleno de ira, pero me recibió con un gancho al hígado. El golpe me dejó doblado, sin aliento.

—Mira esto, marica —me restregó en la cara un reloj de pulsera antiguo y se acercó a mi oído para decir en secreto—, ¿qué te parece?, ¿eh? Era del anciano al que le dio un paro cardiaco. También tengo su anillo y su cartera de piel.

Me levanté asustado sin poder respirar bien. ¿Lobelo y su padrastro asaltaron a los ancianos? ¿Y por qué la viejita no los reconoció?

Una edecán pasó junto a nosotros cargando la urna en la que debíamos depositar nuestra solicitud. Busqué la mía. El amigo de Lobelo la tenía.

—Dámela.

Me la arrojó a la cara. Los tiranos soltaron a reír y se alejaron.

Una lágrima de rabia se escapó de mis ojos. La limpié de inmediato con el brazo. Tomé la ficha que había llenado, la doblé en cuatro partes sin mirarla, y la entregué. Luego me fui a mi salón.

A las dos horas me mandaron llamar de la rectoría.

El director y el maestro del programa deportivo estaban furiosos, esperándome en la oficina.

Apenas llegué me preguntaron:

—¿Es tuya esta solicitud?

Mi nombre había sido rayado con la misma tinta que usé, como si me hubiera arrepentido de escribirlo.

—Sí —contesté—. Es mía, pero ¿Quién tachó mi nombre?

—No trates de zafarte ahora. ¡Fuiste tú mismo!

Tomé la hoja para analizarla. Debajo de los tachones había una nota que insultaba a la escuela con las groserías más sucias que jamás había visto en un papel. También, usando el mismo lenguaje ruin y ofensivo, había una amenaza para el nuevo profesor del programa deportivo.

—Yo no escribí esto.

—Pero es tu hoja y tú personalmente la metiste en la caja. ¿No es así?

—Sí...

—¿Creíste que no íbamos a descubrirte?

—Es que...

—Aunque rayaste tus datos, pudimos descifrarlos. Lo siento, pero no toleraremos este tipo de faltas. Serás expulsado de la escuela.

—¡Eso es injusto!

—Acabamos de llamar por teléfono a tu papá... Pasa a la sala de espera y siéntate mientras él llega.

Quise discutir. No pude.

El director me abrió la puerta y caminé. ¡Era increíble! ¡Mientras peleé con Lobelo, su amigo granoso tachó mi hoja y la llenó de groserías! ¿Por qué no la revisé antes de entregarla?

Me fui al rincón. Las lágrimas comenzaron a brotar de mis ojos de manera abundante. Había una señora sentada en el sillón de la sala de espera. Le di la espalda y agaché la cara. La mujer me miraba de forma insistente. Podía sentir sus ojos clavados en mi nuca. Me incomodó su presencia. Era lógico que sintiera curiosidad por mi dolor, pero también resultaba una descortesía de su parte entrometerse.

No lo soporté más y me volví para verla.

Me quedé sorprendido. Sentí un mareo. El corazón me latió con fuerza.

Dejé de llorar y me limpié la cara...

No era una señora. Era una joven hermosa, vestida de blanco que emitía un fuerte aroma a perfume de flores.

Por favor, revisa la guía de estudio en la pagina 169,
antes de continuar la lectura del siguiente capítulo.

18
Un campeón sabe pedir ayuda a tiempo

—Hola —me dijo.

—¡IVI!

Caminé hacia ella, pero no la toqué. Sentí como si estuviera rodeada de un fuerte campo de energía magnética.

—Te he buscado por todos lados —le dije—. ¿Dónde has estado? El conserje no te conoce. ¡Nadie te ha visto nunca! ¿Por qué vienes otra vez?

—Siéntate, Felipe. Necesitamos hablar.

Obedecí. Me limpié las lágrimas y la observé con cuidado. Era, en verdad, una joven hermosa. Tenía el cabello ligeramente húmedo y la piel sonrosada, como si acabara de salir de la ducha. No era un sueño. ¡Ella estaba allí! ¡Frente a mí! Una fuerte emoción me invadió. Le pregunté:

—¿Vas a aparecer cada vez que esté en problemas?

Sonrió antes de decirme:

—Siempre habrá seres como yo cerca de ti, aunque no los veas.

Mi corazón comenzó a latir a toda velocidad.

—¿Seres... co... como tú?

Asintió. Tenía la hermosa cara de una joven princesa salida de los cuentos de hadas.

—Mi trabajo —continuó—, es organizar y dirigir a los custodios de los niños, pero cada determinado número de años se me permite manifestarme a un pequeño.

Guardé silencio unos segundos. Luego pregunté:

—¿Eres... un... ángel?

Tardó en responder, aunque podía escuchar en mi mente sus pensamientos de amor.

—Soy un arcángel, Felipe —dijo al fin—. He tenido bajo mi cuidado a algunos chicos que, al crecer, se convirtieron en personas importantes.

Volví a sentarme. Me froté la cara con ambas manos. Luego miré de nuevo a mi deslumbrante amiga.

—¿Eso significa —le pregunté—, que yo voy a ser una persona importante?

—*Ya eres* una persona importante.

—IVI, ¡no lo creo! —protesté—. A mí siempre me va mal. Soy torpe y arrebatado. Todo lo que hago se convierte en un desastre. La mala suerte me persigue. ¡Dentro de unos minutos van a expulsarme de la escuela! Estas enterada ¿verdad?

IVI me observó durante varios segundos sin hablar. Su presencia irradiaba paz, dulzura, ánimo, esperanza...

—Felipe, amado, yo sé muchas cosas que ignoras. Tu guerra no es contra gente de carne y hueso sino contra seres espirituales malvados.

—¡Mi lucha es contra Lobelo! —protesté—. Y él es de carne y hueso.

—Estás en un error. Lobelo no es malo. También tiene sangre de campeón. Cada niño la tiene, pero todos deben luchar para que su esencia esté limpia. Lobelo se ha dejado dominar por influencias malignas y, aunque ha recibido muchos mensajes de que debe cambiar, no ha querido hacerlo. Tú sí... ¡Sigue adelante, porque la guerra no ha terminado! Ahora entiende: Así como hay fuerzas perversas que quieren destruirte, cuentas con un enorme ejército de fuerzas bondadosas que te defienden. No te sientas solo, ni trates de resolver solo todos tus problemas. ¡Pide ayuda!

—¡Ivi, no te entiendo! ¿A quién le pido ayuda?

Se acercó a mí. Agaché la cabeza. No sentí el contacto de su piel, pero sí un calor y una ternura que sosegaron mi alma.

—Voy a contarte algo que yo misma vi —dijo después separándose un poco—: Hace tiempo hubo un tornado. La rama de un gran árbol cayó sobre la bicicleta de un niño. El chico era fuerte y tenía mentalidad de triunfador. Su papá le dijo: "te reto a que uses toda tu inteligencia para quitar la rama que está sobre tu bicicleta." El niño pensó de manera creativa e hizo varios intentos: Tomó la rama por un lado y trató de girarla, pero ésta no se movió ni un centímetro; acercó un tubo y quiso usarlo como palanca, pero también fue inútil; finalmente quiso incendiarla; la rama era fresca y el fuego no prendió. Después de varias horas de trabajo, el niño se dio por vencido. Le dijo a su padre: "no puedo mover la rama, en realidad he fracasado." El papá insistió preguntando: "¿Ya usaste todos los recursos a tu alcance para moverla?" "Sí," le dijo el chico. "¿Estás seguro?" El joven volvió a contestar que sí. "¡Pues te equivocas!," respondió el papá. "No usaste el recurso más importante: ¡Te faltó pedirme ayuda! Nadie puede lograr todo solo en la vida. Los verdaderos campeones hacen su mejor esfuerzo siempre, pero saben pedir ayuda a tiempo y les agrada trabajar en equipo con otros..."

» El padre acompañó a su hijo y entre los dos quitaron la rama. Ahora entiende Felipe: Cuando seas víctima de una injusticia, en vez de ponerte a llorar, debes hablar con las personas que pueden ayudarte. ¡Nunca te dejes intimidar ni permanezcas tirado! Tú tienes un problema y debes poner un alto *ya*. No puedes permitir que sigan abusando de ti. Ármate de valor y habla claramente con el director de la escuela, con tu papá y con el nuevo profesor de atletismo. No tengas miedo de contarles lo que ha ocurrido. Quien dice la verdad, recibe una protección especial.

—Pero me cuesta mucho trabajo expresarme cuando estoy nervioso.

—Entonces escribe —contestó—. Escribe lo que te pasa, practica en privado la lectura de cuanto escribiste y después reúnete con las personas para leerles tu carta en voz alta. Eso siempre es una buena estrategia que te permitirá hablar sin interrupciones y no olvidar nada de lo que deseabas decir.

Se escucharon ruidos en la oficina. Tal vez mi padre había llegado y pronto me llamarían. El miedo volvió a apoderarse de mí y sentí deseos de llorar otra vez.

—Cálmate —me dijo Ivi—. Tienes las armas para triunfar: Úsalas.

—No estoy seguro... La última vez que vi mi sangre, no me agradó el panorama.

Percibí un cosquilleo en el labio superior.

Me limpié con la mano. Estaba saliéndome sangre de la nariz. El líquido rojo era casi transparente para mí. Ya no me mareé al verlo, pero en el fondo rojo detecté gran cantidad de fuertes soldados, andando de un lado a otro como ejército protector. Los monstruos del mal, también estaban ahí, pero disminuidos y quietos como si al fin hubiesen sido dominados. Un monstruo quiso moverse y fue acribillado de inmediato.

—¡Guau! —dije—, ¡esto es increíble!

Me puse de pie para entrar al sanitario por un trozo de papel de baño.

Cuando salí, IVI ya no estaba. La **busqué** por la ventana. No había nadie cerca.

Volví a sentarme.

Saqué mi cuaderno y comencé a escribir una carta de defensa.

Tuve tiempo de redactarla y repasarla.

Al fin, el nuevo profesor de atletismo abrió la puerta de la sala de espera y me pidió que entrara a la dirección.

Por favor, revisa la guía de estudio en la pagina 170, antes de continuar la lectura del siguiente capítulo.

19

Un campeón busca el equilibrio

—¿De dónde salió ese perfume de flores tan fuerte? —me preguntó el maestro de atletismo.

No contesté.

—Pasa por favor.

Mis papás se encontraban ahí. Parecían preocupados y enfadados. Me invadió una gran vergüenza sólo de pensar que les estaba causando más aflicciones.

—Acabo de explicarle a tus padres —dijo el director—, porqué vamos a expulsarte. A partir de mañana, ya no podrás venir aquí. Como está empezando el año escolar, encontrarán algún otro colegio que te reciba.

Papá alzó la voz para defenderme.

—Sinceramente no creo que Felipe haya escrito esas majaderías en su solicitud deportiva —me miró—, ¿o sí?

La frialdad de esos cuatro pares de ojos hubieran hecho pedazos a cualquier niño, pero esta vez no estaba tan nervioso.

—Me cuesta trabajo... —balbuceé—, decir con palabras lo que pienso... por eso escribí esto.

Saqué el papel de mi bolsillo y lo desdoblé.

—¿Puedo leerlo?

Hubo un momento de tensión. Papá fue quien me autorizó a continuar:

—Adelante.

Me coloqué frente al director y comencé a leer.

Hay dos compañeros que me han golpeado y a los que les tengo mucho miedo. Uno se llama Lobelo. El otro no sé cómo se llama. Es un gordo que anda siempre con él.

Hoy me agarraron entre los dos. Lobelo me enseñó un reloj antiguo. Dijo que era del anciano al que robaron ayer. Tal vez estaba mintiéndome para hacerme sentir miedo.

Él se quiere vengar de mí, porque yo lo acusé de que, cuando iba en su carro, me amenazó con una pistola sin balas. También siente coraje porque cuando fuimos al club depor-

tivo, yo le dije al administrador que estábamos espiando a las mujeres desnudas en el baño. El viernes de la semana pasada, me encerraron en el sótano de la escuela y pasé aquí toda la noche. Como mis papás estaban en el hospital, no se dieron cuenta.

Hoy, Lobelo me pegó en el estómago. Mientras tanto, su amigo tomó mi hoja de inscripción y la llenó de groserías.

Yo no lo hice. Deben creerme. He hecho demasiadas tonterías en mi casa: Mi hermanito se accidentó y a veces pienso que fue por mi culpa. Eso me duele muchísimo. También fui malo con mi mamá y ella me hizo entender cómo debo comportarme.

He sido travieso, pero no digo maldiciones y no escribo palabras sucias; ni siquiera las digo.

Quiero mucho a mi escuela. Me entusiasma el programa deportivo. Admiro al atleta que vino. Deseo ser como él y fortalecer mi carácter para que, algún día, la gente mala deje de molestarme y me respete.

Cuando terminé de leer, nadie habló durante un rato. Después, el director preguntó:
—¿Hay algún testigo que haya visto lo que dices?
—Tal vez —contesté—. Pero no quiero involucrar a más compañeros. Lobelo se vengaría de ellos. Estoy diciendo la verdad...
El hombre se rascó la cabeza y asintió.
—Te creo, Felipe. Tu carta es muy convincente. Voy a investigar a esos dos chicos y, cuando tenga pruebas suficientes, será a ellos a quienes expulse de la escuela.

Mis padres y yo salimos de la oficina.

—Estoy muy orgullosa —me dijo mamá—. Observé algo que nunca había visto en ti, Felipe: Una combinación de humildad y decisión. No trataste de imponer tus ideas con arrogancia, pero tampoco suplicaste ni pediste misericordia. Siempre te mostraste dócil y, a la vez, seguro de ti mismo. Eso se llama *equilibrio*. Te felicito. Estoy impresionada.

—Gracias, mamá —contesté—. Últimamente he aprendido muchas cosas.

Llegamos a la puerta del colegio.

—Antes de que regreses a tu salón de clases —dijo papá—, tenemos que darte una noticia... —se puso en cuclillas frente a mí—. Los médicos hicieron más de cien pruebas con diferentes personas y buscaron en un banco de datos que existe en América y...

—¿Qué crees? —lo interrumpió mamá emocionada.

—¿Encontraron al donador de médula ósea?

—Sí...

—¿De veras? —di un brinco de alegría—. ¿Y cuándo llega? ¿En qué país vive? ¿Tendremos que ir por él?

—Bueno. Hubo algunas confusiones en los primeros exámenes que se hicieron. Arrojaron resultados contradictorios. Tuvieron que repetirse y recibimos una gran sorpresa...

—No lo vas a creer —comentó mi madre sonriente.

Una mezcla de alegría y miedo me paralizó.

—¿El señor Izquierdo es el donador?

—No —contestó papá con ojos brillantes

—¿Entonces? ¿Alguno de nosotros?

Los observé asombrado. ¿Podía ser posible?

Recordé palabras de la carta que mi padre me había escrito: "Los hermanos crecen juntos; no son rivales. Tienen la misma sangre, el mismo origen. Se formaron en el mismo vientre. Fueron besados, abrazados y amamantados por la misma madre." Era lógico. La única persona que podía salvarle la vida a mi hermano era...

—¿Yo?

Asintieron con la cabeza muy despacio.

—¿Qué piensas?

Se me hizo un nudo en la garganta.

—¡Me... da... mucho gusto! Si en mi cuerpo hay la sustancia que puede ayudara Riky, quiero dársela ya.

Papá comentó:

—Los planes son internarte esta misma tarde para que mañana, a primera hora, se realice el procedimiento. ¿Estás de acuerdo?

—¡Por supuesto! Las clases van a terminar pronto. Pasen por mí al rato y vayamos al hospital.

Por favor, revisa la guía de estudio en la pagina 170, antes de continuar la lectura del siguiente capítulo.

20

Un campeón es capaz de dar su vida por amor

Mi habitación no estaba en la misma zona del hospital que la de Riky.

Una enfermera llegó para ponerme el suero. Le dije:

—Quiero hablar con mi hermanito antes de entrar al quirófano.

—¿Para qué?

—Para darle ánimo. Necesito decirle que me siento muy feliz de ser el donador.

—Veré si puedo conseguir un permiso para que lo visites.

—Gracias.

A las pocas horas, la enfermera llegó de nuevo.

—No debo quitarte el suero, Felipe, así que necesitarás caminar despacio hasta el cuarto de Riky. Yo te ayudaré.

Me puse de pie con rapidez.

—¡Cuidado!

Anduve por el corredor a grandes pasos. La asistente iba detrás de mí, cargando la botella de suero. Tomamos un elevador y llegamos al piso de enfermos graves.

Mis padres estaban en la sala de espera. Los saludé, pero no me detuve a conversar con ellos. Entré a la habitación de

Riky. Mi entusiasmo se convirtió en una mezcla de asombro y tristeza. Un chico inmóvil con la piel marchita y el cabello ralo, se hallaba acurrucado bajo la sábana.

—Él... él... es... ¿mi hermano?

—Sí.

—¿Qué le ha pasado?

—Los medicamentos son demasiado fuertes. Lo dejan sin defensas.

—¿Está dormido?

—Puede ser... ¿por qué no le hablas?

Caminé muy despacio. Se me hizo un nudo en la garganta y mis manos me temblaron.

—Riky, ¿me oyes?

Le acaricié la mejilla y entonces sonrió un poco.

—Ya pinté el primer piso de la casa —le dije—. Te va a gustar...

Permaneció en silencio. Seguí hablando:

—También aparté mis juguetes que te gustan, para regalártelos. Los puse sobre tu cama.

Nada de eso parecía contentarlo. Comentó:

—Me siento muy mal...

—Pero vas a mejorar, hermanito. ¿Qué crees? Mañana van a ponerte una sustancia que sacarán de mi cuerpo. Eso te ayudará.

—Sí —confirmó—. Tu médula ósea. Ya me lo explicaron —hizo una pausa y preguntó—. ¿No te va a pasar nada a ti, verdad?

—No. Tranquilízate y descansa. Los dos vamos a estar muy bien.

Cerró los ojos. Tuve una sensación extraña.

Regresé a mi habitación. Le pedí ayuda a la enfermera para sacar del clóset mi maleta. Adentro traía la caja de IVI. Cuando me quedé solo, extraje una tarjeta. Esta vez el escrito no contenía un mensaje claro de superación. Relataba una historia. La leí.

A principios del siglo XX fue pintado un cuadro con dos manos unidas en forma de oración. La imagen revela un profundo misticismo que ha inspirado a miles de personas en el mundo.

Dice la leyenda del cuadro que dos hermanos huérfanos deseaban ser pintores, pero no tenían dinero y la única fuente de ingresos en el pueblo era la vieja mina. Ambos echaron a la suerte cual de los dos trabajaría como obrero y cual iría a la academia de pintura. Perdió el mayor.

Pasaron cinco años. Al fin, el menor se graduó como pintor. El día de la fiesta, le entregó a su hermano el diploma y le dijo:

—Gracias por el sacrificio que hiciste por mí; ahora es tu turno de estudiar pintura; venderé mis cuadros y pagaré tus estudios.

El hermano mayor renunció a la mina y fue a la academia, pero en cuanto tomó un pincel vio que su mano temblaba.

El profesor le dijo:

—Lo siento, usted jamás podrá ser pintor; ha trabajado demasiado tiempo en la humedad y ha adquirido una enfermedad reumática.

Se fue a su casa. Estaba alegre de haber podido ayudar, pero se sentía triste porque no iba a lograr sus sueños jamás. Juntó sus manos y se puso a dar gracias a Dios. El hermano menor llegó a verlo, le dijo:

—Ya me enteré de la mala noticia: jamás podrás ser pintor, ¡cómo lo siento!, dime ¿qué puedo hacer por ti?

El mayor contestó:

—Pinta mis manos mientras estoy orando... y, cuando veas el cuadro, recuerda que estas manos se deshicieron para que tú te hicieras...

Me quedé observando la tarjeta sin comprender el mensaje.

A los pocos minutos llegaron mis padres. Les mostré el texto y les pregunté qué enseñanza encontraban en él.

—¿De dónde lo sacaste? —cuestionó papá.

—Una amiga me lo obsequió.

—Es curioso... —dijo pensativo—. Escuché esa historia hace muchos años... y me ayudó a comprender a mi padre. Él era un hombre enfermo de los nervios, arrugado y encorvado; trabajaba incansablemente... Yo me enojaba porque casi no jugaba conmigo, pero cuando supe la historia del cuadro de las manos orantes, entendí que él se estaba "deshaciendo" para que yo "me hiciera". Entonces lo amé y lo respeté...

—O sea... —quise opinar y me quedé pensativo.

—O sea —completó papá—, que hay dos tipos de personas importantes en el mundo: las que apoyan y las que sobresalen. Las primeras no siempre logran dinero o fama, pero son las más valiosas... Por ejemplo, ¿conoces a alguna anciana que dio la vida para ayudar a sus hijos?

—Sí.

—Pues gente como ellas son *manos orantes*, que voluntariamente se han "deshecho" para que otros se realicen... Ese es el mensaje del relato. De los dos hermanos, aunque el pintor haya logrado popularidad, el obrero será siempre el personaje más extraordinario...

Me quedé en silencio. Al comprender la propuesta sentí temor... ¿Significaba acaso que yo debía consumirme para que mi hermano se levantara?

Dormí muy mal esa noche. Me la pasé tomando decisiones drásticas, entre sueños.

A la mañana siguiente, el procedimiento de transplante se inició muy temprano.

Me llevaron al quirófano en ayunas y el médico me explicó lo que iba a suceder:

—Te pondremos anestesia de bloqueo. Se te dormirá la mitad de tu cuerpo. Después, mediante una aguja especial que perfora los huesos, sacaremos de tu cadera la médula ósea para traspasársela a tu hermano. ¿Estás listo? Dije que sí. Comenzaron. Me coloqué de costado como me lo pidió el anestesista. Sentí un piquete en la espalda y de inmediato el cerebro comenzó a hormiguearme. Me invadió un fuerte, casi insoportable dolor de cabeza. Comencé a gritar.

Los médicos se movieron con rapidez alrededor de mí.

Se suponía que no debía sentir nada, excepto el adormecimiento de mis piernas.

—¡Está cayendo en shock! —gritaban—. Es por la anestesia.

Mi cabeza, aún estallando, tenía pensamientos muy claros: "Tal vez no comprendí bien lo que iba a pasar. Tal vez esto es normal: Si la médula ósea fabrica sangre, al sacarla del donador, se produce la muerte. Entonces estoy a punto de morir. No quiero morir, no ahora que he hecho planes tan grandes para mi vida, no ahora que he aprendido a elegir a mis amigos, a definirme pronto, a analizar y observar, a pedir ayuda a tiempo a tener equilibrio... pero... si es la única forma de salvar a mi hermano..."

—¡Auxilio! —grité—. ¡Me revienta la cabeza!

Un adormecimiento general me invadió, fui perdiendo el sentido. Era el fin. Seguí hablando con más calma. Los médicos me contestaban.

De pronto me di cuenta que me hallaba en otro lugar.

Una luz intensa me lastimaba los ojos...

Por favor, revisa la guía de estudio en la pagina 171, antes de continuar la lectura del siguiente capítulo.

Carlos Cuauhtémoc Sánchez

21

Un campeón reconoce que sus poderes provienen de Dios

Quise averiguar cómo era el sitio al que van las personas cuando mueren.

Traté de abrir los ojos, pero mis párpados permanecieron inmóviles. Intenté respirar hondo y sentí cerradas las fosas nasales. Inhalé por la boca.

Una punzada en la nuca me hizo darme cuenta de que aún estaba con vida.

—Todo ha pasado —oí la voz de una doctora—. Saliste del quirófano hace casi dos horas.

—Estamos aquí, contigo, hijo —escuché después a mi mamá—. Fuiste muy valiente.

Quise responder, pero no logré abrir los labios.

—La doctora nos acaba de platicar —continuó mamá con voz acongojada—, que hubo una complicación en el quirófano. También nos comentó que, en medio del problema, les dijiste a los médicos que aceptabas morir si eso salvaba la vida de tu hermanito. Es increíble, hijo. Gracias.

Los párpados me pesaban como si fueran de plomo.

—Tienen dos chicos maravillosos —comentó la doctora—. Cuídenlos mucho. Ambos poseen sangre de campeones...

¡Otra vez esas palabras! ¡Y... esa... voz!

Me esforcé aún más por abrir los ojos y levanté la cabeza. Lo logré apenas. Al moverme, sentí, al fin, que el aire entraba por mis fosas nasales y entonces percibí el olor. Era inconfundible.

—IVI... —murmuré...

Con su bata blanca parecía una joven y bella doctora.

Papá le preguntó:

—Si el transplante es un éxito, nuestro hijo Riky se salvará, ¿verdad?

—Tiene probabilidades.

—¿Probabi...?

Detuvo la palabra a medias.

—Sí —continuó ella—. Aún falta la parte más difícil.

—¡No puede ser!

—Auque Riky muriera —respondió IVI—, ustedes deben confiar que siempre se hace justicia con la gente buena. En esta vida, o en la siguiente.

Durante unos segundos hubo total silencio. A mis padres les extrañó que la "doctora" hiciera ese comentario.

IVI continuó:

—Necesitan buscar la Fuente de Amor, para sentir tranquilidad en los momentos difíciles.

—¿A... a... qué se refiere? —tartamudeó mamá.

—Las cosas van muy bien, pero la voluntad de los hombres no siempre se cumple y deben confiar en Aquel que tiene la última palabra. Se han difundido teorías de superación que dicen: "tú puedes solo, eres autosuficiente, no demuestres debilidad, aléjate de todos, eres como un dios". No crean eso nunca. Tienen poderes extraordinarios, sí, pero no provienen de ustedes sino de la sangre que el Creador ha dado, para regalarles vida. Necesitan aceptar eso con profunda gratitud.

—¿Por qué nos habla así?

—Es un mensaje que debo darles. Ustedes pueden lograr maravillas y superar las pruebas más difíciles, pero si se alejan de la Fuente de Amor, perderán sus poderes.

—Sigo sin comprender —dijo mamá...

Ivi explicó:

—Déjenme contarles algo de lo que fui testigo. Estuve en una provincia soviética durante el terremoto más grave que ha sufrido ese lugar. Formé parte de las brigadas de rescate. Se derrumbaron cientos de edificios y murieron más de cincuenta mil personas.

» Era el invierno de 1998. Una mujer, llamada Susana, fue a probarle un vestido a su hija Gina; estaban en el departamento de la costurera, cuando comenzó el terremoto. La pequeña se había quitado la ropa. Se escucharon tronidos de cristales y fuertes golpes. La estructura de concreto comenzó a crujir. Susana alcanzó a Gina para protegerla de los muebles que estaban desplomándose. Todos gritaban aterrorizados. De repente, el piso se fracturó como una hoja de papel. Susana y su hija cayeron por el agujero. El edificio de nueve pisos se desplomó en unos segundos. Nadie alcanzó a salir. Mucha gente murió aplastada bajo una montaña de concreto, vidrios y varillas de metal. A cincuenta centímetros sobre Susana y Gina, quedó una losa de cemento detenida por algunas piedras. Gina estaba ilesa y podía moverse en una pequeña área. Susana quedó acostada de espaldas. Tenía una viga muy cerca de la cara que le impedía levantarse. Se cortó la corriente eléctrica: Debajo de ese cerro de escombros, todo era oscuridad. Se escuchaban los gritos ahogados de personas pidiendo auxilio. "Mamá" dijo Gina llorando, "estoy muy asustada." Susana contestó: "Acércate, hija, ¿te duele algo?"

» La niña, de cuatro años, se acurrucó contra el cuerpo de su madre. No dejaba de llorar.

» El ambiente estaba helado y Gina desnuda. Susana, haciendo un gran esfuerzo, moviéndose apenas, logró, después de mucho tiempo, quitarse su ropa, y se la dio a la pequeña.

» "Mamá" dijo Gina, "tengo mucha sed."

» La oscuridad y el frío congelante le impedían explorar lo que había cerca. Aún así, estiró los brazos y tanteó a su alrededor. Encontró un pequeño frasco de mayonesa. Lo abrió y se lo dio a la niña. Eso le calmó la sed y el hambre por el momento. Susana sabía que iba a morir, pero deseaba que su hija viviera, por eso, no tomó para ella ni una pizca de mayonesa.

» Pasaron las horas. El frío se colaba por entre el cascajo en leves corrientes pero, a veces, el aire dejaba de fluir y el ambiente se congelaba. Faltaba oxígeno.

» "Procura no moverte, hija" le dijo Susana, "si puedes, duérmete."

» "Mamá, tengo sed."

» Susana volvió a buscar con sus manos. No había nada más que pudiera comerse o beberse.

» Perdieron la noción del tiempo. La madre comenzó a sufrir pesadillas. Se imaginaba que estaba en el ártico, extraviada entre las nieves perpetuas, desfalleciendo. El hambre y el frío la despertaban y volvía a la realidad. Tenía la piel entumida y la boca seca. Escuchaba entre nubes la voz de su hija que cada vez sonaba más débil:

» "Mamá; tengo mucha sed."

» Habían pasado dos días y dos noches. Susana tuvo un pensamiento claro: si no hacía algo pronto, su hijita moriría. Estaba desesperada. ¿Qué podía hacer para salvarla? La niña necesitaba un líquido caliente, pronto... Guardó el aliento y un estremecimiento le recorrió la piel al razonar que contaba con ese líquido: su propia sangre. Sin pensarlo dos veces, buscó el frasco de mayonesa vacío y lo rompió. Tomó uno de los cristales y se cortó el dedo. Se lo ofreció a la niña. Gina lo chupó con gran desesperación.

» "Más, mamá" dijo la pequeña, "dame más..."

» Susana volvió a cortarse. La sangre salió de nuevo y su hija pudo beber. Perdió la noción de cuántas veces se cortó, pero Gina estuvo bebiendo la sangre de su madre durante los siguientes días. Cuando, al fin, la brigada de rescate pudo levantar todas las piedras que las cubrían, hallamos a una mujer moribunda y a una niña que aún respiraba... Las llevamos al hospital. Estuvieron muy graves, pero sobrevivieron. Fue un verdadero milagro. Lo dramático del caso es que la madre compartió con la niña su propio aliento de vida para salvarla.

» Ahora, con este ejemplo en la mente, piensen en alguien muy grande y poderoso que, aunque podía haber juzgado y condenado a muerte a la humanidad por sus rebeldías, inexplicablemente prefirió perdonarla y regalarle su aliento de vida... Ustedes tienen poderes extraordinarios, porque hace más de dos mil años, el Padre dio a su propio Hijo, para que

133

todo aquél que en Él crea, no tenga miedo nunca más. Dios mismo entregó hasta la última gota de su sangre purificando la de ustedes. Así fue como brindó a los seres humanos esencia de campeones. No por sus merecimientos, sino por gracia. Es decir, como un regalo...

Mi madre preguntó:

—¿Por qué habla como si usted no fuera un ser humano?

—Disculpe, es una mala costumbre.

Papá tomó mi mano y me apretó con cariño. Respondí a su gesto. Después, mamá se acercó a mí, también. Intenté abrir los ojos otra vez. Lo logré. Extendí mis brazos hacia arriba. Mis padres me abrazaron.

No vieron cuando la joven, vestida de blanco, abandonó el lugar. Yo sí. Me sonrió y le sonreí.

Después de un rato, papá se incorporó y buscó a su alrededor.

—¿Y la doctora? —preguntó—. Ya no está. Hay que darle las gracias, cuando la volvamos a ver.

Quise decir: "no creo que la vuelvas a ver", pero me quedé callado.

Papá continuó hablando:

—Hace muchos años, una maestra suplente que me ayudó a salir de mis problemas... me contó la historia de las manos orantes y otras parecidas como la de Gina y Susana... Es muy extraño... No quería decirlo, pero esa doctora que acaba de estar aquí, se parece tanto a mi maestra...

Asentí. Entonces le dije a papá con absoluta seguridad:

—Esa mujer *es* tu maestra. La que conociste en la primaria.

Él se quedó pensando unos segundos.

—Imposible —comentó.

—¡No! —le dije—. ¡Es ella misma!

Mamá me acarició la frente.

—Relájate hijo. Estás abrumado por la anestesia.

*Por favor, revisa la guía de estudio en la pagina 172,
antes de continuar la lectura del siguiente capítulo.*

135

22

Un campeón está en el equipo correcto

Mi hermano tendría que permanecer encerrado en una habitación esterilizada durante varias semanas. Podían ocurrir complicaciones graves: infección o rechazo del transplante. Su vida se hallaba en peligro todavía.

Yo lo iba a visitar todas las tardes, después del entrenamiento deportivo. Al oscurecer, uno de mis padres se quedaba con Riky y el otro iba a la casa conmigo.

Aquella noche, le tocó a papá permanecer en el hospital. Mamá y yo subimos al auto y transitamos por la avenida principal.

Ella me preguntó:

—¿Cómo van las cosas en la escuela?

—Mejor —contesté—. A Lobelo y a su amigo les dieron una advertencia por escrito: si son sorprendidos en otra travesura, los expulsarán para siempre del colegio.

—¿Y ya no te molestan?

Tosí un poco.

—No, pero me miran muy feo. Cuando los encuentro siento vibraciones negativas. Creo que pronto inventará algo para vengarse de mí...

—Mmh... —disminuyó la velocidad del automóvil y volvió a comentar—: El señor Izquierdo también prometió hacernos daño, ¿te acuerdas?

—Sí —respondí—. En la comisaría estaba muy enojado porque lo acusé del robo. Dijo que éramos una familia de ingratos y que nos íbamos a arrepentir...

La miré de perfil; su cara se había puesto tensa.

—¿Qué pasa, mamá?, ¿por qué preguntas eso?, ¿por qué vas manejando tan despacio?

—No estoy segura, pero...

Orilló el coche y se detuvo por completo, mirando el espejo retrovisor.

—¿Pero?

—Nos vienen siguiendo.

Volteé. Era verdad. Dos autos se habían detenido justo detrás de nosotros.

El miedo me invadió.

—¡Acelera! —le dije—. Es peligroso.

Ella negó con la cabeza.

—Felipe ¿Esos coches que están detrás, ¿no son los que se detuvieron frente a la casa cuando intentaron robarla? ¿Es uno de ellos el del señor Izquierdo?

—Sólo veo las luces. Pero tienes razón. Deben ser ellos. ¡Vámonos!

—Dejaré que se acerquen... Somos gente civilizada. Les preguntaré qué quieren.

—¡No! —exclamé—. Pueden hacernos daño.

En ese instante, se abrieron las portezuelas de los coches que estaban detrás de nosotros y bajaron cuatro hombres.

—¡Vienen armados! —dije—. ¡Mamá! Dos de ellos traen pistolas, ¿ya te diste cuenta?

Mi madre al fin entendió que esos sujetos no eran tan civilizados y que iba a ser imposible ponerse a charlar con ellos. Movió la palanca del coche y aceleró.

Vi cómo uno de los tipos levantaba su arma y nos apuntaba. Me agaché gritando:

—¡Cuidado!

Los delincuentes prefirieron no disparar en esa transitada avenida. Se subieron a sus autos y comenzaron a perseguirnos de nuevo. Mamá aumentó la velocidad y trató de perderlos. Se salió de la vía rápida dando vuelta en una calle desconocida y detuvo el coche para esconderlo detrás de los edificios.

Guardamos la respiración. Pasaron varios segundos. Parecía que habíamos logrado engañarlos, cuando de repente, los dos automóviles aparecieron dando vuelta justo detrás de nosotros. Mamá volvió a acelerar. La calle era oscura y solitaria. Esquivó un bache moviendo el volante con violencia. Mi cabeza chocó contra el vidrio lateral. No me quejé.

—Apresúrate —le dije—, ¡ahí vienen!

Miró nuevamente por el retrovisor.

—¡No debí salirme de la avenida principal! —se lamentó—, ¿ahora qué hago?

—¡Regresa! ¡Pidamos ayuda! Volvamos al hospital.

Mi madre dio la vuelta en otra esquina con la esperanza de entrar a la vía rápida, pero no había acceso. La calle pasaba por abajo. Continuamos de frente. Había muchos baches y topes. El chasis del coche golpeaba contra el pavimento.

—¡Agárrate fuerte! —me dijo.

Dio otra vuelta de forma brusca. Logramos separarnos un buen tramo de los autos que nos seguían. Para nuestra desgracia, era un camino cerrado. Frenamos: El carro se derrapó antes de detenerse. Mi madre apretó el volante con fuerza. Su frente sudaba y por las mejillas le escurrían lágrimas de desesperación.

—Estamos atrapados —murmuró.

—¡No! —respondí—. ¡Vámonos de aquí! Échate en reversa.

Lo hizo. El coche se movió de forma zigzagueante. Al llegar a la bocacalle aparecieron los carros que nos perseguían. Mamá trató de esquivarlos. Nos obstruyeron el paso y chocamos contra uno de ellos.

Aunque la cajuela de nuestro coche quedó aplastada, el motor seguía en marcha. En cambio, el otro auto recibió el impacto de frente y se apagó. De su radiador roto se escapaba una columna de vapor y agua hirviendo.

—¿Estás bien? —me preguntó mamá.

—Sí —contesté—. ¡Todavía podemos escapar!

Frente a nosotros quedaba un espacio por el que era posible dar la vuelta. Mamá giró el volante, movió la palanca de la transmisión y avanzó de nuevo. Nuestra defensa iba arrastrando y hacía un ruido tétrico.

El auto que permanecía intacto, se nos atravesó. Golpeamos un poste de luz con el costado y evadimos el obstáculo. Entonces, los nervios traicionaron a mi madre. Pisó el acelerador a fondo y perdió el control del vehículo. En vez de frenar, aceleró más. Dio un fuerte volantazo y nos subimos a la banqueta, pero con tal inercia, que el coche quedó en dos ruedas; anduvo unos metros así, antes de voltearse. Escuchamos los vidrios romperse. Cerré los ojos. Mi cabeza me dio vueltas. Recordé las palabras de Ivi:

> Felipe amado, yo sé muchas cosas que ignoras. Tu guerra no es contra gente de carne y hueso sino contra seres espirituales perversos que dominan a las personas. Así como hay fuerzas del mal que desean destruirte, cuentas con un enorme ejército de fuerzas bondadosas que te defienden.

En esos últimos días había estado leyendo las tarjetas de Ivi. Una de ellas decía algo así:

> En la creación, existen DOS grupos siempre en contraposición: El de los seres bondadosos y el de los malvados. No te equivoques de equipo. Jamás juegues para ambos bandos. No hagas el mal unas veces y pretendas ser bueno en otras. Dios detesta a las personas tibias. Tú eres un campeón. Elige el equipo correcto.

De pronto, me di cuenta que estábamos de cabeza.
Mamá lloraba y emitía gritos de desesperación.

—¿Te duele algo? —Me preguntó.

—No —contesté—. ¿Ya ti?

—Tampoco... ¡Ay!

De inmediato supe que sí le dolía algo. Aunque trataba de hacerse la fuerte, se había lastimado.

—Ahí está la avenida principal... —dijo entre gemidos—. Si corremos, tal vez lleguemos a ella antes de que nos alcancen.

Me quité el cinturón de seguridad y quise abrir mi portezuela. Estaba atorada. Mamá también se quitó el cinturón.

El parabrisas, hecho añicos, se sostenía en el marco. Le di una patada, y se desquebrajó hacia delante.

Salí a gatas. Mi madre intentó seguirme. Emitió un grito de dolor y se detuvo. No podía moverse.

Me paré junto al carro volcado. Las llantas hacia arriba, aún daban vueltas. Vi a lo lejos.

Los dos automóviles de los rufianes permanecían en el mismo sitio.

De pronto, observé la figura de los cuatro hombres armados que se acercaban hacia mí.

Dos de ellos traían pistola; los otros dos un bat de béisbol.

Por favor, revisa la guía de estudio en la pagina 173, antes de continuar la lectura del siguiente capítulo.

Carlos Cuauhtémoc Sánchez

23
Un campeón es siempre niño en su corazón

La calle estaba en silencio. Había un edificio viejo a nuestro lado.

—¿Qué quieren? —les pregunté a los cuatro sujetos que caminaban hacia mí.

Siguieron avanzando.

—¡No nos hagan nada! —supliqué—. Por favor. Mi mamá está herida.

Tuve el impulso de correr, pero no podía abandonar a mi madre adentro del carro.

Sentí pánico.

En ese instante, oí ruidos. En las ventanas del edificio se habían encendido algunas luces.

—¡Auxilio! —exclamé—, ¡tuvimos un accidente! ¡Mi madre está adentro del coche todavía!

Casi de inmediato, la puerta principal de la construcción se abrió. Salierón varias personas que habían oído el estruendoso ruido del accidente.

Me quedé quieto.

Los malvados que mostraban sus armas amenazadoramente, se detuvieron. Después caminaron un poco más y volvieron a detenerse. Miraban hacia el frente con extrañeza.

Del edificio seguían saliendo personas. Rodeaban el ca-

143

rro donde se encontraba mi madre. Se escuchaban comentarios y exclamaciones.

Repentinamente los malhechores dieron media vuelta y echaron a correr de regreso a sus coches. Trataron de arrancar el auto chocado, pero no lo lograron; miraban de forma alternante hacia donde yo me encontraba.

¿Qué estaba ocurriendo? ¿A qué le tenían tanto miedo? Miré alrededor. Del edificio salían cada vez más hombres. Los últimos eran exageradamente robustos... Me froté los ojos. Tragué saliva impresionado. ¡Los tipos llegaban a la calle y caminaban en dirección de los delincuentes, como enormes guardaespaldas furiosos, dispuestos a luchar a muerte por defendernos a mi madre y a mí!

—¡Dios mío! —murmuré—. ¿Qué es esto?

Entonces recordé una de las tarjetas de IVI que había leído:

Los ángeles conocen la naturaleza humana mejor que las personas. Piensan, sienten, tienen voluntad y emociones. Pueden hacerse visibles cuando es necesario.

Los ángeles son criaturas poderosas y sabias, pero hechas de diferente sustancia. Cuando un niño muere, *no* se vuelve ángel. Su alma sigue siendo humana. En los planes eternos, los seres humanos serán superiores a los ángeles porque Dios los ha llamado a ser sus hijos...

Por eso, los ángeles cuidan a las personas.

Los malhechores abandonaron el coche chocado y subieron al otro. Lo arrancaron con rapidez y avanzaron. Detrás de ellos corrían nuestros protectores. Daban vuelta en la esquina y desaparecían de mi vista.

Una luz azul comenzó a ganar intensidad junto al coche volcado. Giré la cabeza. Entonces la vi.

Sentí una gran alegría.

Esta vez, IVI no parecía una persona. Estaba rodeada de un brillante halo blanco y sus pies flotaban despegados del piso. Me acerqué un poco, cautivado por su increíble belleza.

—¿Por... por qué está ocurriendo esto? —le pregunté.

Ella me contestó:

—Pasa todos los días. Los ángeles protegemos a quienes aman al Señor. Sobretodo si son niños.

Estaba aturdido. Volví a preguntar:

—¿Por... por qué?

Ella respondió:

—Porque en el mundo, Dios quiere a los niños más que a nadie. Son sus criaturas amadas, preferidas, consentidas.

—De... ¿de veras?

—Sí. Jesús dijo: "Nunca desprecies a un niño, porque los ángeles de los niños están viendo todo el tiempo el rostro de mi padre."[1] También dijo: "Dejad que los niños se acerquen a mí, porque de ellos es el reino de los cielos."[2] Y, lo más increíble. Afirmó: "Les he ocultado muchas cosas a las personas mayores y sabias, pero se las he rebelado a los pequeños."[3]

Reflexioné unos segundos.

—¿E... eso qué significa?

—Que los niños reciben mensajes, Felipe. Incluso algunos tienen contacto con ángeles. Tristemente, al crecer,

---

[1] Mateo 18,10.

[2] Marcos 10, 14.

[3] Mateo 11,25.

muchos pierden su sensibilidad y su inocencia. Entonces olvidan las experiencias más bellas.

—IVI, yo tengo doce años. Pronto dejaré de ser niño. ¿Olvidaré esto?

—No, si no quieres. Puedes ser siempre niño, en tu corazón.

—¿Cómo?

—Nunca dejes de creer. Vive con alegría, usa mucho tu imaginación y sobre todo, lucha cada día por un ideal.

—¿Y si fracaso?

—Para un hijo de Dios, esa palabra no existe. Eres un campeón *siempre*. Cuando sientas que te faltan fuerzas, recuerda que todo lo puedes en el nombre del Señor. Habla con él. Te escucha. Los ángeles no tenemos capacidad para estar en dos sitios al mismo tiempo, en cambio el Espíritu de nuestro Creador se halla en todas partes a la vez y habita en el interior de cada ser humano.

Asentí. Parecía complicado, pero era algo muy hermoso...

Escuché un gemido.

Volví la cabeza.

Mi madre estaba saliendo del auto, al fin. Corrí a ayudarla.

A lo lejos sonaban las sirenas de ambulancias y patrullas.

Mamá se detenía el brazo izquierdo con la mano opuesta.

—Ya estamos a salvo... —la consolé—. Los maleantes se fueron.

—¿Sí? —preguntó y luego supuso—: De seguro alguien oyó el ruido del accidente y telefoneó a emergencias.

Se apoyó en mí.

Le iba a explicar lo que ocurrió, pero miré hacia el sitio de donde habían salido nuestros protectores y me quedé callado.

Las luces del edificio estaban apagadas. Los vidrios de la fachada rotos; la puerta principal caída y desvencijada...

El edificio se hallaba abandonado y en ruinas. No vivía nadie adentro... tampoco era posible que se hubiese encendido ninguna luz en su interior ni que hubiera salido nadie de ahí.

Miré hacia delante.

Ivi, la jefa de todos esos ángeles, el arcángel de los niños, había avanzado hasta la esquina, donde la esperaban algunos de sus guerreros.

Me dijo adiós con una mano antes de dar la vuelta.

Fue la última vez que la vi.

Por favor, revisa la guía de estudio en la pagina 173, antes de continuar la lectura del siguiente capítulo.

147

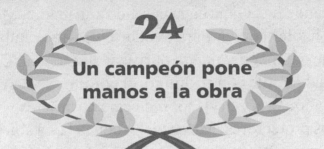

24
Un campeón pone manos a la obra

El coche chocado que los delincuentes abandonaron, era del señor Izquierdo. La policía se movió con excesiva prontitud. Gracias a eso atraparon a los cuatro malhechores en casa de Lobelo.

La anciana que fue asaltada junto con su esposo, esta vez identificó plenamente a los ladrones. "¡Son ellos!", aseguró.

Entonces comprendí: El señor Izquierdo nunca actuaba solo. Tenía cómplices. Cuando intentaron robar mi casa, iban en dos automóviles. También cuando asaltaron a los viejitos; por eso la mujer sólo vio a dos de los delincuentes. Los demás estaban en el otro coche.

Recordé que Lobelo me había dicho, mientras me restregaba en la cara un reloj de pulsera: "Mira esto. Era del anciano al que le dio un paro cardiaco. También tengo su anillo y su cartera de piel." Después recordé cuando me dijo que yo sería más feliz si mis padres se murieran o divorciaran: "Soy libre como los pájaros. Mi padrastro me deja hacer lo que quiero, no se mete conmigo y me enseña a ganar dinero fácil."

¡Dinero fácil!

Por eso el hombre acabó en la cárcel y Lobelo tuvo que huir. No sé adónde fue. Ojalá haya buscado a su madre. Me hubiera gustado hablar con él, para ayudarlo. Sé que también tiene sangre de campeón y puede purificar su esencia. Con quien sí pude hablar, fue con su amigo, el gordito. Se llama Roberto. Le platiqué sobre IVI, sobre la caja de tarjetas y sobre los guerreros protectores. Me escuchó con la boca abierta. Pude detectar que todavía es un niño de corazón. Eso le ayudará. Por lo pronto, no ha vuelto a molestarme.

La noche en que nos volcamos, la pasamos en el hospital y en la comisaría. Mamá se fracturó un brazo. Se lo enyesaron.

Casi en la madrugada llegamos a la casa.

Lo primero que hice fue ir al escondite del jardín. Necesitaba tomar la caja de IVI, para abrazarla y dormir con ella. Sentí una gran opresión en el pecho cuando moví las plantas y descubrí el rincón vacío. La caja ya no estaba.

Busqué por todos lados. Había desaparecido.

—¿Por qué? —Pregunté al aire, sabiendo que ella me escuchaba y sintiendo las lágrimas correr por mi mejilla—, ¿por qué te llevaste la caja? No quiero que te vayas de mi vida, no quiero que desaparezcas... IVI... por favor... No quiero crecer...

Mi madre me observaba confundida.

—¿A quién le hablas? ¿Por qué lloras?

La abracé y le conté todo.

Ella tragó saliva y estuvo callada durante un largo rato. Dudaba de mis palabras.

—Tienes mucha imaginación.

—Sí —contesté orgulloso—. La tengo.

—Pero no te dejes llevar por ella, hijo... eso que me cuentas... piénsalo... tal vez haya sido una fantasía... En el hospital todavía estabas un poco anestesiado y, después del choque sufrimos muchos golpes...

—Quizá —respondí—, sin embargo, últimamente he aprendido que gracias a la imaginación y la creatividad, los niños podemos captar cosas que los adultos no pueden...

Mi madre apretó los labios y afirmó con la cabeza.

—Entonces —comentó después—. ¿Por qué no escribes lo que acabas de platicarme? De esa forma jamás lo olvidarás.

—Pero yo no sé escribir.

—Sí sabes. ¿Recuerdas la carta que redactaste para el director cuando te iban a expulsar? Es genial. Has dicho que tienes sangre de campeón, ¿verdad? Pues yo creo que un campeón no se queda con los sueños en la mente. Actúa y los convierte en realidad. ¡Escribe tus experiencias, Felipe! Difúndelas. Enséñale a los demás niños que pueden ser triunfadores si se lo proponen. Haz un libro, lo mejor que puedas, y después buscaremos a un escritor que nos eche la mano para corregirlo y publicarlo. Así es como se alcanzan las grandes metas. Haz tu mejor esfuerzo y luego pide ayuda a quienes tienen la posibilidad de impulsarte...

Abracé a mi madre y mi congoja se fue apaciguando.

Eso haría.

Cuatro meses después, dieron de alta a mi hermano. El tratamiento tendría que continuar por mucho tiempo más pero, por lo pronto, Riky había sobrevivido a la fase inicial de una violenta leucemia.

Un día antes de su salida del hospital, me confesó que le

151

daba vergüenza que sus amigos lo vieran calvo. El cabello tardaría en volverle a crecer.

Se lo platiqué a mi padre y a él se le ocurrió una idea.

Le hicimos una fiesta de sorpresa a Riky. Invitamos a todos nuestros familiares y amigos. Pusimos letreros de bienvenida por la casa. Cuando Riky llegó, se sorprendió mucho: Papá y yo nos habíamos rapado el cabello para estar calvos como él. También lo hicieron algunos amigos y primos. Se sintió apoyado, conmovido, y se llevó ambas manos a la cara para llorar.

Papá pidió silencio y se puso al frente de la sala.

—Quiero decirle a mi hijo Riky unas palabras de bienvenida.

Todos escuchamos con atención. Mi padre habló entrecortadamente. Sus ojos estaban llenos de lágrimas:

—Riky: Me cuesta mucho trabajo expresar, cuánto te queremos todos —se detuvo un segundo para respirar—, eres un chico extraordinario. En los últimos meses te hemos visto sufrir mucho, pero también, te hemos visto sonreír. Eso nos dio fortaleza. Yo jamás creí que nuestra familia tuviera que pasar por un trance tan difícil, pero doy gracias —la voz se le quebró—, aunque no acabo de entender muchas cosas —se limpió las lágrimas—, doy gracias, porque, como nos dijo una doctora, aprendimos a confiar en Aquel que tiene la última palabra. En este tiempo Dios nos consoló y nos dio mensajes de amor muy fuertes. Le doy gracias, porque nos enseñó a vivir de rodillas ante su poder, pero luchando cada día con la esperanza de un milagro —un sollozo se le escapó; lloró abiertamente; luego de unos segundos concluyó—. Gracias porque nos concedió ese milagro... mis hijos están vivos... y tengo una hermosa familia... que no cambiaría por nada...

Le fue imposible continuar.

Los invitados aplaudieron. Todos estábamos conmovidos. Mis padres, Riky y yo nos abrazamos.

En ese instante comprendí que, no importando los dramas y conflictos, la vida es hermosa, vale la pena disfrutarla y poner manos a la obra para llevar a cabo nuestras metas. Entendí que, por regalo de un Dios amoroso y bueno, mis venas llevaban sangre de campeón.

Dejamos de abrazarnos. Tuve el deseo de estar solo unos minutos. Me escabullí hacia fuera y me paré en medio del patio.

Respiré hondo.

Sobre mi cabeza se dibujaba un hermoso atardecer.

En un arranque de júbilo levanté ambas manos en señal de victoria.

Los invitados pusieron música y la fiesta comenzó en mi casa.

También en mi vida.

Por favor, revisa la guía de estudio en la pagina 174.

154

 Carlos Cuauhtémoc Sánchez

Guías de estudio

REPASO DE CONCEPTOS

- Cada acto realizado es la semilla de un fruto que brotará tarde o temprano.
- Al comportarnos con paciencia y bondad, obtenemos amigos y cariño; al actuar con rencor y envidia, ganamos problemas y enemigos.
- La palabra "amable" significa "fácil de amar". Si deseas recibir amor, sé "amable".
- Los adultos no castigan a los niños cuando cometen errores, sólo les enseñan que todos los actos tienen una consecuencia.
- Los errores cuestan; al incurrir en alguno, debemos aceptar su resultado y reflexionar mientras pagamos el precio.

PREGUNTAS PARA REFLEXIONAR

- ¿Has notado cómo te trata la gente cuando eres amable y cómo te trata cuando eres grosero? ¿Qué te agrada más?
- Da un ejemplo personal de cuando tuviste que sufrir las consecuencias negativas de un error que cometiste.
- Platica sobre alguna consecuencia positiva obtenida al hacer las cosas bien.
- Escribe una composición o un cuento que se llame "Todos los actos tienen una consecuencia".

156

PRUEBA DE LECTURA

- Vuelve a leer el capítulo completo tomando el tiempo. Procura leer rápido, pero comprendiendo cada concepto. Después realiza las siguientes operaciones para registrar tu velocidad de lectura:

Anota tu tiempo en minutos y segundos: _____
(ejemplo: 5′ 45′′)
Convierte los segundos a décimas, dividiéndolos entre 60:_____
(ejemplo: $45 \div 60 = 0.75$; tiempo 5.75)
Divide **1145** palabras de este capítulo, entre tu tiempo: _____
(ejemplo: $1141 \div 5.75 = 198$ palabras por minuto)

- Al terminar cada capítulo realiza el mismo ejercicio y observa tu progreso.

REPASO DE CONCEPTOS

◆ Jamás desees el mal, pues cada pensamiento es como un bumerán que siempre regresará para golpearte.

◆ Los pensamientos negativos se volverán en tu contra.

◆ El optimismo tiene un poder constructivo. El pesimismo, una fuerza destructiva. Procura ser optimista todos los días: Busca en los problemas el lado positivo y en las personas, sus virtudes más que sus defectos.

◆ Jamás pongas apodos a tus compañeros ni te burles de quienes se equivoquen. Con el paso del tiempo, sufrirás las mismas burlas y desprecios que hiciste a otros.

PREGUNTAS PARA REFLEXIONAR

◆ ¿En tu salón de clases los compañeros se mofan de quien comete errores? ¿Te ha tocado ser la víctima? ¿Qué has sentido?

◆ Cuándo te han rechazado ¿has tenido el deseo de vengarte? ¿Cómo describes ese sentimiento?, ¿crees que es positivo o negativo?

◆ ¿Cuál consideras que debe ser tu conducta cuando alguien cercano a ti se equivoca?

◆ Piensa en una persona que te desagrade. Escríbele una carta en la que le digas todas las cosas buenas que ves en ella y pídele una disculpa por los desprecios que le has hecho.

PRUEBA DE LECTURA

◆ Vuelve a leer el capítulo completo. Siguiendo el método explicado en la primera guía, registra tu velocidad y observa el progreso.

Tu tiempo en minutos y segundos: _____

Convierte los segundos a décimas: _____

Divide **1309** palabras de este capítulo entre tu tiempo:_____

REPASO DE CONCEPTOS

- ◆ Los hermanos crecen juntos; tienen la misma sangre, el mismo origen.
- ◆ Jamás sientas celos de tu hermano: Ámalo, ayúdalo. Si algún día tienes riqueza y él no, compártesela. Tiéndele la mano.
- ◆ Pocas cosas te pueden causar un daño espiritual más profundo que vivir enemistado con tu hermano.
- ◆ Los hermanos se necesitan mutuamente. Forman parte uno del otro; al pelearse abren heridas que duelen durante toda la vida.
- ◆ Cuando los hermanos se pelean, dejan entrar a las fuerzas del mal; cuando se ayudan y respetan, Dios se complace y bendice su hogar.

PREGUNTAS PARA REFLEXIONAR

- ◆ ¿Conoces hermanos que, al morir sus padres, se pelearon por causa de la herencia?, ¿qué piensas de eso?
- ◆ ¿Cómo puedes aplicar en tu vida la historia de los dos hermanos que se tratan de ayudar en secreto?
- ◆ ¿Alguna vez has protestado por el lugar que te tocó en la familia (el hijo mayor, el de en medio o el pequeño)? Con una visión positiva, menciona ahora cuáles son las ventajas que tiene esa situación.
- ◆ Describe a tus hermanos.
- ◆ Redacta una carta a cada uno de tus hermanos en la que les digas cuánto los amas.

PRUEBA DE LECTURA

Tiempo en minutos y segundos: _____

Convierte los segundos a décimas: _____

Divide **1321** palabras de este capítulo entre el tiempo:_____

REPASO DE CONCEPTOS

- ◆ Nunca te dejes influir por quienes se refieren al cuerpo humano como algo sucio. No veas pornografía, ni hables de la desnudez de otros con morbo.

- ◆ Tú naciste gracias a la unión amorosa de tus padres. Eres producto de la bella intimidad de dos personas que se amaban.
- ◆ Los verdaderos triunfadores respetan su cuerpo y el de los demás. Saben darse su lugar y no permiten que nadie los toque o los obligue a hacer travesuras de tipo sexual.

PREGUNTAS PARA REFLEXIONAR

- ◆ ¿Qué son las travesuras de tipo sexual?
- ◆ ¿Qué entendiste respecto a la gente perversa?, ¿cómo la identificas?
- ◆ ¿Qué harás cuando te veas envuelto en una plática obscena? ¿Por qué?
- ◆ Haz una composición titulada "La intimidad de las personas".

PRUEBA DE LECTURA

Tiempo en minutos y segundos: _____
Convierte los segundos a décimas: _____
Divide **1191** palabras de este capítulo entre el tiempo:_____

CAPÍTULO 5. UN CAMPEÓN ELIGE BIEN A SUS AMIGOS

REPASO DE CONCEPTOS

- ◆ **Ley del balance:** Dos amigos llegan a tener características similares. Ambos cambian poco a poco hasta parecerse el uno al otro.
- ◆ No hagas amistad con quien no quieras llegar a parecerte. Por tu propia iniciativa, aléjate de quienes no te convienen.
- ◆ Si te equivocas en la elección de amigos echarás a perder tu vida.
- ◆ Cultiva sólo buenos amigos. El vicioso, siempre te llevará por mal camino; el tramposo te obligará a mentir; el grosero te enseñará a maldecir y el que habla mal de otros, hablará mal de ti.

Sangre de Campeón

PREGUNTAS PARA REFLEXIONAR

- ◆ ¿Alguna vez tus amigos te han metido en problemas?, ¿cuándo?, ¿cómo te sentiste?
- ◆ ¿Te has dado cuenta de que cada vez te pareces más a tu principal amigo o amiga? ¿Te gustaría llegar a ser como él o ella?, ¿en qué aspectos sí y en qué aspectos no?
- ◆ ¿Has pensado que quizá tú no seas un buen amigo para otros? ¿Cómo deberías comportarte para serlo?
- ◆ Haz una composición titulada "La amistad".

PRUEBA DE LECTURA

Tiempo en minutos y segundos: _____
Convierte los segundos a décimas: _____
Divide **1161** palabras de este capítulo entre el tiempo:_____

CAPÍTULO 6. UN CAMPEÓN ALIMENTA A SUS SOLDADOS

REPASO DE CONCEPTOS

- ◆ En tu interior hay fuerzas negativas (monstruos) y fuerzas positivas (soldados defensores). Los monstruos sólo comen ideas y acciones malas; los soldados sólo pensamientos y acciones buenas. Tú das de comer a monstruos y a soldados.
- ◆ Si piensas y actúas mal, las fuerzas negativas crecen en tu interior. Entonces te invade **el coraje, la tristeza, el rencor, el odio y el temor.**
- ◆ Si tus acciones y pensamientos son buenos, los soldados defensores se fortalecen. **Entonces te sientes tranquilo, alegre y confiado.**

PREGUNTAS PARA REFLEXIONAR

- ◆ ¿Cómo puede un niño alimentar a sus soldados defensores? Da ejemplos concretos.
- ◆ Recuerda algún día en el que alimentaste a los monstruos ¿Qué hiciste?
- ◆ Descríbete como persona. Haz un análisis de los sentimientos que te dominan hoy en día. Con base en la descripción anterior, revisa qué tan fuertes están tus seres interiores.
- ◆ ¿Qué vas a hacer para aniquilar a los monstruos?

PRUEBA DE LECTURA
Tiempo en minutos y segundos: _____
Convierte los segundos a décimas: _____
Divide **1388** palabras de este capítulo entre el tiempo:_____

CAPÍTULO 7. UN CAMPEÓN TIENE CAPITAL DE AUTOESTIMA

REPASO DE CONCEPTOS

◆ Tú tienes ahorros de autoestima. Cada vez que emprendes una actividad, apuestas parte de tus ahorros. Si todo sale bien, ganas más autoestima; si te va mal, pierdes la que apostaste.

◆ Aprende a jugar a la defensiva: Dale importancia a tus actividades sin apostar demasiado. Así, harás la vida emocionante y, cuando te vaya mal, seguirás sintiéndote bien contigo mismo.

◆ Todos tenemos tropiezos. Es normal equivocarse, caerse, perder un concurso, cometer errores, sufrir la burla de gente envidiosa. Sé menos nervioso y no tomes las cosas tan a pecho.

◆ Tu alcancía de autoestima debe permanecer llena, aunque a veces te vaya mal.

PREGUNTAS PARA REFLEXIONAR

161

◆ Revisa tus costumbres en el juego de la autoestima. ¿Eres aprensivo? ¿Apuestas demasiado con frecuencia? ¿Qué vas a hacer al respecto?

◆ Piensa en todas tus virtudes. ¿Cuáles son las características positivas que te hacen un ser único y especial? Haz una lista.

◆ ¿Recuerdas cuando te han salido bien las cosas? Da ejemplos. Reconoce que eres un niño con gran potencial.

◆ Escribe tu currículum vitae (una reseña de tu vida, en la que sólo se destaquen tus logros y rasgos especiales)

PRUEBA DE LECTURA
Tiempo en minutos y segundos: _____
Convierte los segundos a décimas: _____
Divide; **1283** palabras de este capítulo entre el tiempo:_____

CAPÍTULO 8. UN CAMPEÓN NO SE QUEDA POSTRADO

REPASO DE CONCEPTOS

◆ Elimina de tu vocabulario la frase "no puedo". Cuando estés a punto de decirla, cámbiala por "volveré a intentarlo" o "tengo que lograrlo".

◆ ¡Tú eres un triunfador! No te falles a ti mismo.

◆ Cuando caigas, ponte de pie inmediatamente. Si permaneces postrado durante mucho tiempo, se te debilitará el carácter.

◆ Deja salir al león que hay en tu interior y demuestra tu bravura. Sé valiente. ¡Nunca, nunca te quedes tirado!

PREGUNTAS PARA REFLEXIONAR

◆ ¿En qué actividades has desertado?, ¿no crees que, si aún estuvieses realizándolas, ya hubieras progresado mucho?

◆ ¿Qué debes hacer cuando tengas tropiezos?

◆ ¿Crees que puedes retomar viejos retos y lograr mejores desempeños?

◆ Escribe una lista de las actividades a las que estás dispuesto a dedicarte con más energía.

162 **PRUEBA DE LECTURA**
Tiempo en minutos y segundos: _____
Convierte los segundos a décimas: _____
Divide **932** palabras de este capítulo entre el tiempo:_____

CAPÍTULO 9. UN CAMPEÓN NUNCA DICE MENTIRAS

REPASO DE CONCEPTOS

◆ Es fácil decir mentiras. Muchos lo hacemos pensando que nos evitaremos problemas, pero es exactamente lo contrario.

◆ La fortaleza real de alguien se mide por su capacidad para resistir a la tentación de mentir.

◆ Aunque la "verdad" te avergüence o, de momento, no te convenga, jamás digas mentiras.

◆ Los ojos son como las ventanas del alma. Con frecuencia, en la mirada puede detectarse al mentiroso.

PREGUNTAS PARA REFLEXIONAR

- ¿Alguna vez has tenido problemas por haber dicho mentiras? Cuenta la anécdota.
- ¿Qué sentiste cuando te sorprendieron diciendo una mentira?
- ¿Qué piensas de las personas a quienes has sorprendido mintiendo?
- ¿En qué casos es preferible callar en vez de mentir o herir a los demás?
- ¿Podrías convertirte en una persona que *siempre* diga la verdad?

PRUEBA DE LECTURA

Tiempo en minutos y segundos: _____

Convierte los segundos a décimas: _____

Divide; **1010** palabras de este capítulo entre el tiempo:_____

CAPÍTULO 10. UN CAMPEÓN NO ES INTERESADO

REPASO DE CONCEPTOS

- Los grandes hombres trabajan, estudian y ayudan a otros *sin esperar una recompensa*. Si eres desinteresado te convertirás en una persona amada y necesitada por los demás.
- Cuando alguien da más de lo que los otros esperan, a la larga recibe mucho. A los generosos, la vida siempre les paga con felicidad y fortuna.
- Tú puedes tener muchos defectos, pero nunca seas interesado.

163

PREGUNTAS PARA REFLEXIONAR

- ¿Alguna vez has pensado que tus padres deben pagarte por algo que tu hiciste?, ¿qué piensas de eso ahora?
- ¿Cuánto dinero crees que deberías dar a tus padres para corresponderles todo lo que han hecho por ti?
- ¿Has conocido a alguna persona generosa y desinteresada? ¿Qué piensas de ella?
- Haz una lista de algunas actividades extra que puedes realizar. ¿Qué reacción crees que tendrán los demás cuando sepan que lo has hecho sin esperar nada a cambio?

PRUEBA DE LECTURA

Tiempo en minutos y segundos: _____

Convierte los segundos a décimas: _____

Divide **963** palabras de este capítulo entre el tiempo:_____

CAPÍTULO 11. UN CAMPEÓN COMPRENDE A SUS PADRES

REPASO DE CONCEPTOS

- Los padres, con frecuencia, se sienten solos, tienen miedo, preocupaciones y, a veces, igual que tú, dejan escapar una lágrima de tristeza por las noches. Si tu mamá o tu papá se equivocan, hazles saber que perdonas sus errores.
- Sé atento y cariñoso con tu padre; cuando lo veas agotado o de mal humor, déjalo descansar, pues no sabes todo lo que le ha pasado durante el día.
- Ayuda a tu madre en sus labores; sé un hijo que resuelva problemas, en vez de causarlos.
- Cuando llegue el momento en el que debas irte de tu casa, hazlo por la puerta de enfrente, con la bendición de tus papás.

164

PREGUNTAS PARA REFLEXIONAR

- ¿Alguna vez has pensado en irte de la casa? ¿Sabes de alguien que lo haya hecho?, ¿cómo crees que se sentirían tus padres si lo haces?
- ¿Cuáles son los errores que tus papás cometen? ¿Podrías perdonarlos?
- ¿Has pensado en las virtudes y características positivas de tus padres?, ¿te has dado cuenta de que son más grandes y numerosas que sus defectos?
- Escribe una carta a tu papá y otra a tu mamá. Anota lo que, a veces te incomoda de ellos, pero también diles que los comprendes, pídeles perdón por tus propios errores y hazles saber que reconoces todas sus cualidades.

PRUEBA DE LECTURA

Tiempo en minutos y segundos: _____

Convierte los segundos a décimas: _____

Divide **1228** palabras de este capítulo entre el tiempo: _____

Carlos Cuauhtémoc Sánchez

REPASO DE CONCEPTOS

- La mejor manera de aprovechar los conocimientos es disfrutando las clases. La mejor forma de madurar en la vida es gozando cada día.
- Nadie es feliz por naturaleza. Debemos aprender a ser felices, esforzándonos por estar contentos la mayor parte del tiempo.
- Sonríe con frecuencia, entusiásmate con las pruebas y las tareas. Convierte cada instante en un alegre reto.
- No importa qué tan arduo sea el trabajo a realizar, hazlo bien y gózalo.
- Deja de preocuparte. Las preocupaciones sólo te hacen infeliz, además, casi nunca ocurren las cosas que te preocupan.

PREGUNTAS PARA REFLEXIONAR

- ¿Eres una persona que se preocupa demasiado? ¿Por qué?
- ¿Te gusta platicar problemas y asuntos negativos?
- ¿La gente se ríe y se siente relajada cuando está a tu lado? ¿Irradias alegría o amargura?, ¿por qué?
- ¿Podrás esforzarte a partir de hoy por estar siempre contento?
- Escribe una composición que se titule "Soy feliz".

PRUEBA DE LECTURA

Tiempo en minutos y segundos: _____
Convierte los segundos a décimas: _____
Divide **1290** palabras de este capítulo entre el tiempo: _____

REPASO DE CONCEPTOS

- Los mediocres nunca sobresalen porque no saben lo que quieren. Dejaron pasar su niñez y su juventud sin definirse.
- Eres un campeón: Imagina el tipo de persona que deseas llegar a ser, y traza un plan para tu vida.
- Mientras más pronto te definas y comiences a perseguir tus anhelos, más pronto los alcanzarás.

- Sueña grandes logros e imagina cómo lograrlos. ¡Comienza hoy mismo!
- Compórtate *ahora* como te comportarías si ya fueras la persona que deseas llegar a ser.

PREGUNTAS PARA REFLEXIONAR

- Imagina una película del futuro. Tú estás ahí, eres el protagonista. ¿Cómo vistes? ¿Cómo es tu casa, tu coche, tu pareja, tu familia? ¿Eres profesionista?, ¿de qué carrera? ¿Tienes dinero?, ¿cuánto? ¿Eres famoso?, ¿por qué motivo?
- Escribe detalladamente lo que has imaginado.
- Organiza lo que escribiste poniendo metas concretas.
- Traza la "cadena de objetivos". Por ejemplo, si tu meta es llegar a ser médico cirujano, la cadena será:
  1. Estudiar para el examen de mañana. 2. Realizar un gran trabajo de biología a fin de mes. 3. Ganar cada año los concursos de ciencias. 4. Terminar la secundaria y preparatoria como alumno destacado. 5.Concluir la carrera de medicina. 6. Hacer tesis profesional. 7. Terminar una especialidad médica.
  Puedes ser más fácil realizar tus cadenas de forma inversa, es decir empezando en el futuro y terminando en el presente. Recuerda que para lograr grandes cosas debes ir forjando, día con día, los eslabones de tu cadena.

PRUEBA DE LECTURA
Tiempo en minutos y segundos: _____
Convierte los segundos a décimas: _____
Divide **922** palabras de este capítulo entre el tiempo:_____

CAPÍTULO 14. UN CAMPEÓN OBSERVA Y ANALIZA

REPASO DE CONCEPTOS

- Los seres humanos incurrimos en falsedades con frecuencia. Por eso, debes observar, examinar y descubrir las intenciones secretas de la gente.
- Muchas personas dicen mentirillas y tratan de convencer a los demás de lo que les conviene.

Carlos Cuauhtémoc Sánchez

- Mira a los ojos y, sin ser miedoso ni exagerado, aprende a identificar las malas intenciones.
- Trata de hablar menos y escuchar más. Procura moverte despacio percibiendo todo lo que ocurre a tu alrededor. Usa tus sentidos. Conviértete en un verdadero observador.
- No permitas que alguien te acaricie en tus piernas, pechos, o partes íntimas. Desconfía de quien te pida que vayas con él a otro lugar o te mire con expresión extraña.

PREGUNTAS PARA REFLEXIONAR

- ¿Has sido víctima de personas que te dicen mentiras o tratan de convencerte de lo que les conviene? Da ejemplos.
- Observa a una persona que acabes de conocer. Mírala a los ojos. Analiza sus gestos y comentarios. Escribe cómo te parece esa persona. Muestra lo que escribiste a alguien que ya la conozca y compara qué tan atinadas fueron tus observaciones.
- ¿Qué medidas crees que debes tomar para evitar que un individuo mentalmente enfermo trate de abusar de ti?
- Practica mucho la observación y el análisis.

PRUEBA DE LECTURA
Tiempo en minutos y segundos: _____
Convierte los segundos a décimas: _____
Divide **1138** palabras de este capítulo entre el tiempo: _____

CAPÍTULO 15. UN CAMPEÓN TIENE INTEGRIDAD

REPASO DE CONCEPTOS

- El mundo está lleno de gente que presume recompensas no merecidas, títulos robados, dinero ilegal. Todos quieren parecer campeones, pero muy pocos están dispuestos a serlo de verdad.
- Cuando eres honesto, ganas pocas veces porque compites contra demasiados tramposos, pero no te obsesiones con la idea de obtener todos los premios. Esmérate siempre y colecciona alegrías por haber hecho lo correcto.
- Cuando un líder hace trampa, le falla a toda su gente porque viola el principio fundamental del liderazgo: ser un ejemplo a seguir.

Sangre de Campeón

- No apliques el poder para mandar, sino la autoridad para servir.
- Recuerda que la verdadera medalla de honor no es de metal; no se puede tocar, porque se lleva en el corazón.

PREGUNTAS PARA REFLEXIONAR

- ¿Es común la práctica de copiar en exámenes, tareas o trabajos?, ¿qué piensas de eso?
- ¿Alguna vez hiciste trampa y te sorprendieron? Relata la anécdota.
- ¿Alguna vez, pudiendo hacer trampa, te atreviste a ser honesto? Relata la anécdota.
- ¿Deseas llegar a ser líder? ¿Cuál es el principio fundamental del liderazgo? ¿Cómo se logra?
- Escribe una lista de actos de corrupción y frente a cada uno, anota su consecuencia.

PRUEBA DE LECTURA

Tiempo en minutos y segundos: _____
Convierte los segundos a décimas: _____
Divide **1206** palabras de este capítulo entre el tiempo:_____

CAPÍTULO 16. UN CAMPEÓN ESTÁ UNIDO A SU FAMILIA

REPASO DE CONCEPTOS

- Las familias existen para que los integrantes se apoyen en amor; pero los necios destruyen sus hogares y prefieren ir por la vida solos y amargados.
- Un campeón no se separa de sus padres o hermanos al atravesar por momentos difíciles. Al contrario, confía en ellos y busca la unión.
- Cuando las familias se desunen, cualquier ataque exterior hace destrozos. Tú debes provocar la unión que fortalezca tu hogar

PREGUNTAS PARA REFLEXIONAR

- Alguna vez, al pasar por momentos difíciles ¿has sentido que nadie de tu familia te apoya? ¿Cuándo?
- ¿Crees que a alguien más en tu casa le haya pasado eso? ¿Y por qué no has estado ahí tú para apoyarlo?

Carlos Cuauhtémoc Sánchez

- ¿Qué le hace falta a tu familia?
- ¿Podrás ayudar a propiciar la unión familiar? ¿Cómo?
- Escribe una carta al miembro de tu hogar que necesite reflexionar sobre este asunto.

PRUEBA DE LECTURA
Tiempo en minutos y segundos: _____
Convierte los segundos a décimas: _____
Divide **1092** palabras de este capítulo entre el tiempo: _____

CAPÍTULO 17. UN CAMPEÓN SUELE SER DEPORTISTA

REPASO DE CONCEPTOS
- En la juventud se adquieren hábitos que pueden darnos fortaleza física y mental para toda la vida. El deporte es uno de ellos.
- Muchos de los grandes hombres llegaron lejos, porque practicaron algún deporte de competencia en su juventud.
- El deporte nos enseña a ser perseverantes y a actuar con eficiencia bajo presión.
- Inscríbete en todas las competencias, concursos o presentaciones públicas que puedas. Son retos formativos que forjan tu carácter.

PREGUNTAS PARA REFLEXIONAR
- ¿Has iniciado entrenamientos deportivos? ¿Qué ha pasado después?
- ¿Has participado en competencias?, ¿has sentido cómo se forja tu carácter en ellas?, ¿por qué?
- ¿Has notado cómo la mayoría de las personas no desean hacer deporte en serio? ¿Por qué pasa eso?
- ¿Tienes oportunidad de practicar un deporte formal? ¿Lo harás?
- Escribe una composición titulada "Mi deporte favorito".

PRUEBA DE LECTURA
Tiempo en minutos y segundos: _____
Convierte los segundos a décimas: _____
Divide **1185** palabras de este capítulo entre el tiempo: _____

Sangre de Campeón

CAPÍTULO 18. UN CAMPEÓN SABE PEDIR AYUDA A TIEMPO

REPASO DE CONCEPTOS

- Los verdaderos campeones hacen su mejor esfuerzo siempre, pero saben pedir ayuda a tiempo y les agrada trabajar en equipo.
- Cuando seas víctima de una injusticia, en vez de ponerte a llorar, debes hablar con las personas que pueden ayudarte.
- Ármate de valor y explica lo que te pasa. No tengas miedo de contar a los adultos lo que ocurre.
- Quien dice la verdad, recibe una protección especial.

PREGUNTAS PARA REFLEXIONAR

- ¿Alguna vez te has metido en problemas por *no* pedir ayuda?, ¿cuándo?
- ¿*Siempre* es necesario pedir ayuda?, ¿en qué casos?
- Piensa en algún problema que no hayas podido resolver, o en algún deseo intenso que no se te ha realizado. Ahora piensa en la persona que puede ayudarte a lograrlo. Escríbele una carta. Repasa la lectura y reúnete con ella para leerle tu carta en voz alta.

170

PRUEBA DE LECTURA

Tiempo en minutos y segundos: _____

Convierte los segundos a décimas: _____

Divide **1084** palabras de este capítulo entre el tiempo: _____

CAPÍTULO 19. UN CAMPEÓN BUSCA EL EQUILIBRIO

REPASO DE CONCEPTOS

- En la mayoría de los casos, la palabra *equilibrio* es clave para lograr el éxito. Si eres demasiado enérgico, puedes llegar al capricho. Si eres muy sumiso puedes llegar a la cobardía.
- La firmeza es una combinación de humildad y decisión.
- No trates de imponer tus ideas con arrogancia, pero tampoco supliques ni pidas misericordia. Siempre sé dócil y, a la vez, seguro de ti mismo.

Carlos Cuauhtémoc Sánchez

PREGUNTAS PARA REFLEXIONAR

- ¿Alguna vez, tratando de ser amigable, llegaste a parecer torpe?
- ¿Alguna vez, queriendo ser enérgico, llegaste a ser altanero?
- Escribe una lista de las actividades que realizas y anota de qué manera puedes lograr el equilibrio en ellas.
- Escribe diez cualidades que debes tener. Anota el extremo, correspondiente a cada una, que te haría perder el equilibrio.

Ejemplo:

Debo ser *amigable* sin llegar a ser *ingenuo*.

Debo ser *atrevido* sin llegar a ser *imprudente*.

PRUEBA DE LECTURA

Tiempo en minutos y segundos: _____

Convierte los segundos a décimas: _____

Divide **863** palabras de este capítulo entre el tiempo: _____

CAPÍTULO 20.
UN CAMPEÓN ES CAPAZ DE DAR SU VIDA POR AMOR

REPASO DE CONCEPTOS

- A todos nos corresponde sobresalir en algunas cosas y apoyar a los demás para que sobresalgan en otras. No intentes lucirte siempre. Aprende a dar respaldo para que alguien más triunfe.
- Existen dos tipos de personas importantes en el mundo: las que apoyan y las que sobresalen. Las primeras no siempre logran dinero o fama, pero son las más valiosas...
- Un verdadero campeón sabe dar las gracias a quienes lo ayudaron a triunfar, pero también apoya a otros para que triunfen, sin esperar que le den las gracias.

PREGUNTAS PARA REFLEXIONAR

- ¿Alguna vez has sentido envidia o coraje cuando alguien sobresale?
- ¿Te cuesta trabajo apoyar a otros para que triunfen? ¿Por qué?
- ¿Podrás hacer un ejercicio de humildad? De vez en cuando trata de lucirte menos y ayuda a alguien a lucirse.

- Escribe una carta de agradecimiento a una persona que te haya ayudado a triunfar.
- Escribe una carta dando ánimo a una persona a quien desees apoyar para que triunfe.

PRUEBA DE LECTURA

Tiempo en minutos y segundos: _____

Convierte los segundos a décimas: _____

Divide **1178** palabras de este capítulo entre el tiempo: _____

CAPÍTULO 21. UN CAMPEÓN RECONOCE QUE SUS PODERES PROVIENEN DE DIOS

REPASO DE CONCEPTOS

- El demonio es un ángel caído y tiene un mensaje muy claro para ti: Sé autosuficiente, no demuestres debilidad, tienes grandes poderes; eres como Dios.
- En realidad, los poderes que tienes son gracias a la sangre que el Creador ha dado para regalarte vida. Puedes lograr maravillas y superar las pruebas más difíciles, pero si te alejas de la Fuente de Amor, caerás.
- Dios mismo al entregar hasta la última gota de su sangre purificó la tuya. Así fue como te dio esencia de campeón.

PREGUNTAS PARA REFLEXIONAR

- ¿Te gustaría tener siempre la tranquilidad de saberte protegido y fortalecido por el Creador? Entonces habla con Él y pregúntale lo que espera de ti. Guarda silencio y trata de escuchar su respuesta en tu corazón.
- Haz una lista exhaustiva de las cosas buenas que hay en tu vida. Piensa que todo cuanto posees es un regalo de Dios. No lo tienes porque te lo merezcas sino porque Él desea verte feliz. Dale las gracias y nunca seas soberbio.
- Trata de reunirte con personas que amen a Dios y ora a diario.

PRUEBA DE LECTURA

Tiempo en minutos y segundos: _____

Convierte los segundos a décimas: _____

Divide **1450** palabras de este capítulo entre el tiempo: _____

172

CAPÍTULO 22. UN CAMPEÓN ESTÁ EN EL EQUIPO CORRECTO

REPASO DE CONCEPTOS

- Existen DOS grupos que siempre pelean entre sí: El de los seres bondadosos y el de los malvados. No te equivoques de equipo. Jamás juegues para ambos bandos.
- No hagas el mal a veces y pretendas ser bueno otras veces.
- Aunque hay fuerzas del mal que desean destruirte, cuentas con fuerzas bondadosas que te defienden.
- Elige el equipo correcto.

PREGUNTAS PARA REFLEXIONAR

- ¿Has visto alguna película en la que ganan los malvados? ¿Los malvados ganan siempre en la realidad?
- ¿Has visto como ahora casi todos juegan en los dos equipos, es decir, son a veces buenos y a veces malos? ¿Qué piensas de eso?
- ¿Si eliges el equipo de los tibios, cuáles serán las consecuencias?

PRUEBA DE LECTURA

Tiempo en minutos y segundos: ⎯⎯⎯⎯⎯⎯

Convierte los segundos a décimas: ⎯⎯⎯⎯⎯⎯

Divide **1152** palabras de este capítulo entre el tiempo: ⎯⎯⎯⎯⎯⎯

173

CAPÍTULO 23.
UN CAMPEÓN ES SIEMPRE NIÑO EN SU CORAZÓN

REPASO DE CONCEPTOS

- Al crecer, algunos niños pierden su sensibilidad y su inocencia. Entonces olvidan las experiencias más bellas.
- Puedes ser siempre niño en tu corazón.
- Nunca dejes de creer. Vive con alegría, usa mucho tu imaginación y sobre todo, lucha cada día por un ideal.
- Los niños son los seres preferidos de Dios. No dejes de ser niño.

PREGUNTAS PARA REFLEXIONAR

- ¿Conoces algún adulto que sea niño en su corazón? ¿Cómo se comporta?

- ◆ ¿Te das cuenta de que quien tienen corazón de niño sonríe, es optimista y se divierte siempre? ¿Puedes intentar ser así?
- ◆ Los niños de corazón usan mucho su imaginación y luchan por sus ideales. Escribe un cuento original sobre alguien que lucha por sus ideales. Usa tu imaginación.

PRUEBA DE LECTURA
Tiempo en minutos y segundos: _____
Convierte los segundos a décimas: _____
Divide **902** palabras de este capítulo entre el tiempo: _____

CAPÍTULO 24. UN CAMPEÓN PONE MANOS A LA OBRA

REPASO DE CONCEPTOS
- ◆ No basta con desear algo, hay que poner manos a la obra y luchar hasta conseguirlo.
- ◆ Un campeón no se queda con los sueños en la mente. Actúa y los convierte en realidad.

PREGUNTAS PARA REFLEXIONAR
- ◆ Haz una lista y un resumen de las 24 directrices para ser un campeón.
- ◆ Con base en la lista, escribe 24 propósitos en los que puedas poner manos a la obra de inmediato.

PRUEBA DE LECTURA
- ◆ Lee otra vez el presente capítulo que contiene **1112** palabras y registra tu velocidad.
- ◆ Haz una gráfica en la que se aprecie tu progreso en las 24 pruebas de lectura del libro.

174

Obras del mismo autor

NOVELA DE SUPERACIÓN PARA PADRES E HIJOS

NOVELA DE VALORE SOBRE NOVIAZGO Y SEXUALIDAD

NOVELA DE SUPERACIÓN PERSONAL Y CONYUGAL

NOVELA DE VALORES PARA SUPERAR LA ADVERSIDAD Y TRIUNFAR

UNA IMPACTANTE HISTORIA DE AMOR CON MENSAJES DE VALORES

CURSO DEFINITIVO SOBRE CONDUCTA SEXUAL

175

EDUCACIÓN INTEGRAL DE TRIUNFADORES

TRAICIONES, RUPTURAS Y PÉRDIDAS AFECTIVAS. ESTE LIBRO ES UN ANTÍDOTO

LA PRIMERA NOVELA DE ASERTIVIDAD PARA ADOLESCENTES Y ADULTOS

PRINCIPIOS UNIVERSALES DE SUPERACIÓN Y VALORES

AUDIOCASETES

NOTA DE LOS EDITORES:

Si al termino de este libro deseas leer otro de Carlos Cuauhté-moc Sánchez, recuerda que, aunque las obras de este autor tienen un fuerte mensaje de superación personal, no todos son para ni-ños. Antes de leer alguna de ellas, cerciórate de tener la edad apro-piada:

Título:	Recomendado para lectores:
La fuerza de Sheccid	Mayores de 11 años
Un grito desesperado	Mayores de 13 años
Juventud en éxtasis 1 y 2	Mayores de 15 años
Volar sobre el pantano	Mayores de 15 años
La última oportunidad	Mayores de 15 años
Dirigentes del mundo futuro	Mayores de 18 años
Contraveneno	Mayores de 18 años
Leyes eternas	Todas las edades
Casetes de conferencias	Todas las edades
Libros de la "serie Ivi".	Mayores de 8 años